双葉社ジュニア文庫

銀河鉄道の夜

治

目《もく》次《じ》

CONTENTS

銀《ぎん》河《が》鉄《てつ》道《どう》の夜《よる》

一、午後《ごご》の授業《じゅぎょう》

「ではみなさんは、そういうふうに川《かわ》だと言《い》われたり、乳《ちち》の流《なが》れたあとだと言《い》われたりしていたこのぼんやりと白《しろ》いものがほんとうはなにかご承知《しょうち》ですか」

先生《せんせい》は、黒板《こくばん》に吊《つ》るした大《おお》きな黒《くろ》い星座《せいざ》の図《ず》の、上《うえ》から下《した》へ白《しろ》くけぶった銀河帯《ぎんがたい》のようなところを指《さ》しながら、みんなに問《と》いをかけました。

カムパネルラが手《て》をあげました。それから四《し》、五人《ごにん》手《て》をあげました。ジョバンニも手《て》をあげようとして、急《いそ》いでそのままやめました。たしかにあれがみんな星《ほし》だと、いつか雑誌《ざっし》で読《よ》んだのでしたが、このごろはジョバンニはまるで毎日《まいにち》教室《きょうしつ》でも眠《ねむ》く、本《ほん》を読《よ》むひまも読《よ》む本《ほん》もないので、なんだかどんなこともよくわからないという気《き》持《も》ちがするのでした。

ところが先生《せんせい》は早《はや》くもそれを見《み》つけたのでした。

「ジョバンニさん。あなたはわかっているのでしょう」

ジョバンニは勢《いきお》いよく立《た》ち上《あ》がりましたが、立《た》って見《み》るともうはっきりとそれを答《こた》えることができないのでした。ザネリが前《まえ》の席《せき》からふりかえって、ジョバンニを見《み》てくすっと笑《わら》いました。ジョバンニはもうどぎまぎしてまっ赤《か》になってしまいました。先生《せんせい》がまた言《い》いました。

「大《おお》きな望遠鏡《ぼうえんきょう》で銀河《ぎんが》をよっく調《しら》べると銀河《ぎんが》は大体《だいたい》なんでしょう」

やっぱり星《ほし》だとジョバンニは思《おも》いましたが、こんどもすぐに答《こた》えることができませんでした。

先生《せんせい》はしばらく困《こま》ったようすでしたが、目《め》をカムパネルラの方《ほう》へ向《む》けて、

「ではカムパネルラさん」と名指《なざ》しました。するとあんなに元気《げんき》に手《て》をあげたカムパネルラが、やはりもじもじ立《た》ち上《あ》がったままやはり答《こた》えができませんでした。

先生《せんせい》は意外《いがい》なようにしばらくじっとカムパネルラを見《み》ていましたが、急《いそ》いで「では。よし」と言《い》いながら、自分《じぶん》で星図《せいず》を指《さ》しました。

「このぼんやりと白《しろ》い銀河《ぎんが》を大《おお》きないい望遠鏡《ぼうえんきょう》で見《み》ますと、もうたくさんの小《ちい》さな星《ほし》に見《み》えるのです。ジョバンニさん、そうでしょう」

ジョバンニはまっ赤《か》になってうなずきました。けれどもいつかジョバンニの眼《め》のなかには涙《なみだ》がいっぱいになりました。そうだ僕《ぼく》は知《し》っていたのだ、もちろんカムパネルラも知《し》っている、それはいつかカムパネルラのお父《とう》さんの博士《はかせ》のうちでカムパネルラと一緒《いっしょ》に読《よ》んだ雑誌《ざっし》のなかにあったのだ。それどこでなくカムパネルラは、その雑誌《ざっし》を読《よ》むと、すぐお父《とう》さんの書斎《しょさい》から大《おお》きな本《ほん》を持《も》ってきて、ぎんがというところをひろげ、まっ黒《くろ》なページいっぱいに白《しろ》い点々《てんてん》のある美《うつく》しい写真《しゃしん》を二人《ふたり》でいつまでも見《み》たのでした。

それをカムパネルラが忘《わす》れるはずもなかったのに、すぐに返事《へんじ》をしなかったのは、このごろ僕《ぼく》が、朝《あさ》にも午後《ごご》にも仕事《しごと》がつらく、学校《がっこう》に出《で》てももうみんなともはきはき遊《あそ》ばず、カムパネルラともあんまり物《もの》を言《い》わないようになったので、カムパネルラがそれを知《し》って気《き》の毒《どく》がってわざと返事《へんじ》をしなかったのだ、そう考《かんが》えるとたまらないほど、自分《じぶん》もカムパネルラもあわれなような気《き》がするのでした。

先生《せんせい》はまた言《い》いました。

「ですから、もしもこの天《あま》の川《がわ》がほんとうに川《かわ》だと考《かんが》えるなら、その一《ひと》つ一《ひと》つの小《ちい》さな星《ほし》はみんなその川《かわ》のそこの砂《すな》や砂利《じゃり》の粒《つぶ》にもあたるわけです。またこれを大《おお》きな乳《ちち》の流《なが》れと考《かんが》えるなら、もっと天《あま》の川《がわ》とよく似《に》ています。つまりその星《ほし》はみな、乳《ちち》のなかにまるで細《こま》かに浮《う》かんでいる(1)脂油《しゆ》の球《たま》にもあたるのです。そんならなにがその川《かわ》の水《みず》にあたるかと言《い》いますと、それは真空《しんくう》という光《ひかり》をある速《はや》さで伝《つた》えるもので、太陽《たいよう》や地球《ちきゅう》もやっぱりそのなかに浮《う》かんでいるのです。つまりは私《わたくし》どもも天《あま》の川《がわ》の水《みず》のなかにすんでいるわけです。そしてその天《あま》の川《がわ》の水《みず》の中《なか》から四方《しほう》を見《み》ると、ちょうど水《みず》が深《ふか》いほど青《あお》く見《み》えるように、天《あま》の川《がわ》の底《そこ》の深《ふか》く遠《とお》いところほど星《ほし》がたくさん集《あつ》まって見《み》え、したがって白《しろ》くぼんやり見《み》えるのです。この模型《もけい》をごらんなさい」

先生《せんせい》は中《なか》にたくさん光《ひか》る砂《すな》の粒《つぶ》の入《はい》った大《おお》きな両面《りょうめん》の(2)凸《とつ》レンズを指《さ》しました。

「天《あま》の川《がわ》の形《かたち》はちょうどこんななのです。このいちいちの光《ひか》る粒《つぶ》がみんな、私《わたくし》どもの太陽《たいよう》と同《おな》じように自分《じぶん》で光《ひか》っている星《ほし》だと考《かんが》えます。私《わたくし》どもの太陽《たいよう》がこのほぼ中《なか》ごろにあって地球《ちきゅう》がそのすぐ近《ちか》くにあるとします。みなさんは夜《よる》にこのまん中《なか》に立《た》って、このレンズの中《なか》を見《み》まわすとしてごらんなさい。こっちの方《ほう》はレンズが薄《うす》いので、わずかの光《ひか》る粒《つぶ》すな

(1)脂肪《しぼう》と油《あぶら》。(2)中央部《ちゅうおうぶ》が厚《あつ》くなっているレンズ。主《おも》に物《もの》を大《おお》きくして見《み》たいときに使《つか》う。

わち星《ほし》しか見《み》えないのでしょう。こっちやこっちの方《ほう》はガラスが厚《あつ》いので、光《ひか》る粒《つぶ》すなわち星《ほし》がたくさん見《み》え、その遠《とお》いのはぼうっと白《しろ》く見《み》えるという、これがつまり今日《こんにち》の銀河《ぎんが》の説《せつ》なのです。そんならこのレンズの大《おお》きさがどれ位《くらい》あるか、またその中《なか》のさまざまの星《ほし》については、もう時間《じかん》ですからこの次《つぎ》の理科《りか》の時間《じかん》にお話《はな》しします。では今日《きょう》はその銀河《ぎんが》のお祭《まつ》りなのですから、みなさんは外《そと》へ出《で》てよく空《そら》をごらんなさい。ではここまでです。本《ほん》やノートをおしまいなさい」

そして教室中《きょうしつじゅう》はしばらく机《つくえ》のふたをあけたりしめたり本《ほん》を重《かさ》ねたりする音《おと》がいっぱいでしたが、まもなくみんなはきちんと立《た》って礼《れい》をすると教室《きょうしつ》を出《で》ました。

二、活版所《かっぱんじょ》(1)

ジョバンニが学校《がっこう》の門《もん》を出《で》るとき、同《おな》じ組《くみ》の七《しち》、八人《はちにん》は家《いえ》へ帰《かえ》らずカムパネルラをまん中《なか》にして校庭《こうてい》の隅《すみ》の桜《さくら》の木《き》のところに集《あつ》まっていました。それは今夜《こんや》の星祭《ほしまつ》りに青《あお》いあか

(1) 印刷所《いんさつじょ》。昔《むかし》はハンコのような小《ちい》さな活字《かつじ》を組《く》み並《なら》べて、それを紙《かみ》に刷《す》った。

りをこしらえて川《かわ》へ流《なが》す(1)烏瓜《からすうり》を取《と》りに行《い》く相談《そうだん》らしかったのです。

けれどもジョバンニは手《て》を大《おお》きく振《ふ》ってどしどし学校《がっこう》の門《もん》を出《で》て来《き》ました。すると町《まち》の家々《いえいえ》では、今夜《こんや》の銀河《ぎんが》の祭《まつ》りにいちい(2)の葉《は》の玉《たま》を吊《つ》るしたり、ひのきの枝《えだ》にあかりをつけたりいろいろ仕度《したく》をしているのでした。

家《いえ》へは帰《かえ》らず、ジョバンニが町《まち》を三《みっ》つ曲《ま》がってある大《おお》きな活版所《かっぱんじょ》に入《はい》って、すぐ入口《いりぐち》の計算台《けいさんだい》にいただぶだぶの白《しろ》いシャツを着《き》た人《ひと》におじぎをして、ジョバンニは靴《くつ》をぬいで上《あ》がりますと、突《つ》き当《あ》たりの大《おお》きな戸《と》をあけました。中《なか》にはまだ昼《ひる》なのに電灯《でんとう》がついてたくさんの(3)輪転器《りんてんき》がばたりばたりとまわり、きれで頭《あたま》をしばったり(4)ランプシェードをかけたりした人《ひと》たちが、なにか歌《うた》うように読《よ》んだり数《かぞ》えたりしながらたくさん働《はたら》いておりました。

ジョバンニはすぐ入口《いりぐち》から三番目《さんばんめ》の高《たか》い卓子《テーブル》に座《すわ》った人《ひと》の所《ところ》へ行《い》ってお辞儀《じぎ》をしました。その人《ひと》はしばらく棚《たな》をさがしてから、

「これだけ拾《ひろ》って行《い》けるかね」と言《い》いながら、一枚《いちまい》の紙《かみ》きれを渡《わた》しました。ジョバンニは

（1）卵《たまご》くらいの大《おお》きさの真《ま》っ赤《か》な実《み》をつける植物《しょくぶつ》。（2）針葉樹《しんようじゅ》の一種《いっしゅ》。（3）速《はや》く大量《たいりょう》に印刷《いんさつ》できる機械《きかい》。（4）ランプの笠《かさ》。ここではそれに似《に》た形《かたち》の帽子《ぼうし》のことを指《さ》している。

その人《ひと》の卓子《テーブル》の足《あし》もとから一《ひと》つの小《ちい》さな平《ひら》たい箱《はこ》を取《と》り出《だ》して、向《む》こうの電灯《でんとう》のたくさんついた、たてかけてある壁《かべ》の隅《すみ》の所《ところ》へしゃがみ込《こ》むと、小《ちい》さなピンセットでまるで粟粒《あわつぶ》(1)ぐらいの活字《かつじ》を次《つぎ》から次《つぎ》と拾《ひろ》いはじめました。青《あお》い胸《むね》あてをした人《ひと》がジョバンニのうしろを通《とお》りながら、

「よう、虫《むし》めがね君《くん》、おはよう」と言《い》いますと、近《ちか》くの四《し》、五人《ごにん》の人《ひと》たちが声《こえ》もたてずこっちも向《む》かずに冷《つめ》たく笑《わら》いました。

ジョバンニはなんべんも目《め》をぬぐいながら活字《かつじ》をだんだん拾《ひろ》いました。

六時《ろくじ》がうってしばらくたったころ、ジョバンニは拾《ひろ》った活字《かつじ》をいっぱいに入《い》れた平《ひら》たい箱《はこ》をもういちど手《て》に持《も》った紙《かみ》きれと引《ひ》き合《あ》わせてから、さっきの卓子《テーブル》の人《ひと》へ持《も》って来《き》ました。その人《ひと》は黙《だま》ってそれを受《う》け取《と》って微《かす》かにうなずきました。

ジョバンニはおじぎをすると戸《と》をあけて、さっきの計算台《けいさんだい》のところに来《き》ました。するとさっきの白服《しろふく》を着《き》た人《ひと》が、やっぱりだまって小《ちい》さな銀貨《ぎんか》を一《ひと》つジョバンニに渡《わた》しました。ジョバンニはにわかに顔《かお》いろがよくなって、威勢《いせい》よくおじぎをすると台《だい》の下《した》に置《お》いた鞄《かばん》を

(1)雑穀《ざっこく》の一種《いっしゅ》。小《ちい》さなもののたとえとして用《もち》いられる。

持《も》っておもてへ飛《と》び出《だ》しました。それから元気《げんき》よく口笛《くちぶえ》を吹《ふ》きながらパン屋《や》へ寄《よ》って、パンの塊《かたまり》を一《ひと》つと角砂糖《かくざとう》を一袋《ひとふくろ》買《か》いますと一目散《いちもくさん》に走《はし》り出《だ》しました。

三、家《いえ》

ジョバンニが勢《いきお》いよく帰《かえ》って来《き》たのは、ある裏町《うらまち》の小《ちい》さな家《いえ》でした。その三《みっ》つならんだ入口《いりぐち》の一番《いちばん》左側《ひだりがわ》には、空箱《あきばこ》に紫《むらさき》いろのケール(1)やアスパラガスが植《う》えてあって、小《ちい》さな二《ふた》つの窓《まど》には日覆《ひおお》い(2)が下《お》りたままになっていました。

「お母《かあ》さん。いま帰《かえ》ったよ。具合《ぐあい》悪《わる》くなかったの」

ジョバンニは靴《くつ》をぬぎながら言《い》いました。

「ああ、ジョバンニ、お仕事《しごと》がひどかったろう。今日《きょう》は涼《すず》しくてね。わたしはずうっと具《ぐ》合《あい》がいいよ」

(1)キャベツの一種《いっしゅ》。栄養《えいよう》たっぷりで、青汁《あおじる》を作《つく》るときにも使《つか》われる。(2)日光《にっこう》をさえぎるための覆《おお》い。カーテンのようなもの。

ジョバンニは玄関《げんかん》を上《あ》がって行《い》きますと、ジョバンニのお母《かあ》さんがすぐ入口《いりぐち》の部屋《へや》に白《しろ》い布《きれ》を被《かぶ》って休《やす》んでいたのでした。ジョバンニは窓《まど》をあけました。

「お母《かあ》さん。今日《きょう》は角砂糖《かくざとう》を買《か》ってきたよ。牛乳《ぎゅうにゅう》に入《い》れてあげようと思《おも》って」

「ああ、お前《まえ》さきにおあがり。あたしはまだほしくないんだから」

「お母《かあ》さん。姉《ねえ》さんはいつ帰《かえ》ったの」

「ああ三時《さんじ》ころ帰《かえ》ったよ。みんなそこらをしてくれてね」

「お母《かあ》さんの牛乳《ぎゅうにゅう》は来《き》ていないんだろうか」

「来《こ》なかったろうかねえ」

「僕《ぼく》、行《い》って取《と》って来《こ》よう」

「ああ、あたしはゆっくりでいいんだからお前《まえ》さきにおあがり、姉《ねえ》さんがね、トマトでなにかこしらえてそこへ置《お》いて行《い》ったよ」

「では僕《ぼく》食《た》べよう」

ジョバンニは窓《まど》のところからトマトの皿《さら》を取《と》って、パンと一緒《いっしょ》にしばらくむしゃむしゃ食《た》べました。

「ねえお母《かあ》さん。僕《ぼく》、お父《とう》さんはきっと間《ま》もなく帰《かえ》ってくると思《おも》うよ」

「ああ、あたしもそう思《おも》う。けれどもお前《まえ》はどうしてそう思《おも》うの」

「だって今朝《けさ》の新聞《しんぶん》に、今年《ことし》は北《きた》の方《ほう》の漁《りょう》はたいへんよかったと書《か》いてあったよ」

「ああ、だけどねえ、お父《とう》さんは漁《りょう》へ出《で》ていないかもしれない」

「きっと出《で》ているよ。お父《とう》さんが監獄《かんごく》へ入《はい》るようなそんな悪《わる》いことをしたはずがないんだ。この前《まえ》お父《とう》さんが持《も》ってきて学校《がっこう》へ(1)寄贈《きぞう》した大《おお》きなかにの甲羅《こうら》だの、となかいの角《つの》だの、今《いま》だってみんな標本室《ひょうほんしつ》にあるんだ。六年生《ろくねんせい》なんか授業《じゅぎょう》のとき先生《せんせい》がかわるがわる教室《きょうしつ》へ持《も》って行《い》くよ。一昨年《おととし》修学旅行《しゅうがくりょこう》で〔※以下数文字分空白《いかすうもじぶんくうはく》〕

「お父《とう》さんはこの次《つぎ》は、お前《まえ》にラッコの上着《うわぎ》を持《も》ってくると言《い》ったねえ」

「みんなが僕《ぼく》に会《あ》うとそれを言《い》うよ。ひやかすように言《い》うんだ」

「お前《まえ》に悪口《わるぐち》を言《い》うの」

「うん、けれどもカムパネルラなんか決《けっ》して言《い》わない。カムパネルラはみんながそんなことを言《い》うときは気《き》の毒《どく》そうにしているよ」

「あの人《ひと》はうちのお父《とう》さんとは、ちょうどお前《まえ》たちのように小《ちい》さいときからのお友達《ともだち》だっ

（1）相手《あいて》に改《あらた》まった形《かたち》でなにかを贈《おく》ること。

たそうだよ」

「ああ、だからお父《とう》さんは僕《ぼく》を連《つ》れてカムパネルラのうちへも連《つ》れて行《い》ったよ。あのころはよかったなあ。僕《ぼく》は学校《がっこう》から帰《かえ》る途中《とちゅう》、たびたびカムパネルラのうちに寄《よ》った。カムパネルラのうちにはアルコールランプで走《はし》る汽車《きしゃ》があったんだ。レールを七《なな》つ組《く》み合《あ》わせると円《まる》くなって、それに電柱《でんちゅう》や信号標《しんごうひょう》もついていて、信号標《しんごうひょう》のあかりは汽車《きしゃ》が通《とお》るときだけ青《あお》くなるようになっていたんだ。いつかアルコールがなくなったとき石油《せきゆ》を使《つか》ったら、缶《かん》がすっかりすすけたよ」

「そうかねえ」

「いまも毎朝《まいあさ》新聞《しんぶん》をまわし(1)に行《い》くよ。けれどもいつでも家中《いえじゅう》まだしぃんとしているからな」

「早《はや》いからねえ」

「ザウエルという犬《いぬ》がいるよ。しっぽがまるでほうきのようだ。僕《ぼく》が行《い》くと鼻《はな》を鳴《な》らしてついてくるよ。ずうっと町《まち》の角《かど》までついて来《く》る。もっとついて来《く》ることもあるよ。今夜《こんや》は

(1) 配《くば》りにいく。

みんなで烏瓜《からすうり》のあかりを川《かわ》へ流《なが》しに行《い》くんだって。きっと犬《いぬ》もついて行《い》くよ」

「そうだ。今晩《こんばん》は銀河《ぎんが》のお祭《まつ》りだねえ」

「うん。僕《ぼく》、牛乳《ぎゅうにゅう》を取《と》りながら見《み》て来《く》るよ」

「ああ行《い》っておいで。川《かわ》へは入《はい》らないでね」

「ああ僕《ぼく》、岸《きし》から見《み》るだけなんだ。一時間《いちじかん》で行《い》って来《く》るよ」

「もっと遊《あそ》んでおいで。カムパネルラさんと一緒《いっしょ》なら心配《しんぱい》はないから」

「ああ、きっと一緒《いっしょ》だよ。お母《かあ》さん、窓《まど》をしめて置《お》こうか」

「ああ、どうか。もう涼《すず》しいからね」

ジョバンニは立《た》って窓《まど》をしめ、お皿《さら》やパンの袋《ふくろ》を片付《かたづ》けると勢《いきお》いよく靴《くつ》をはいて、

「では一時間半《いちじかんはん》で帰《かえ》ってくるよ」と言《い》いながら暗《くら》い戸口《とぐち》を出《で》ました。

四、ケンタウル祭《さい》の夜《よる》(1)

(1) 宮沢賢治《みやざわけんじ》が、ギリシア神話《しんわ》に登場《とうじょう》する半分人《はんぶんひと》で半分馬《はんぶんうま》の怪物《かいぶつ》・ケンタウロスから想像《そうぞう》して作《つく》った架空《かくう》のお祭《まつ》り。

ジョバンニは、口笛《くちぶえ》を吹《ふ》いているようなさびしい口付《くちつ》きで、ひのきのまっ黒《くろ》にならんだ町《まち》の坂《さか》を下《お》りて来《き》たのでした。

坂《さか》の下《した》に大《おお》きな一《ひと》つの街灯《がいとう》が、青白《あおじろ》く立派《りっぱ》に光《ひか》って立《た》っていました。ジョバンニが、どんどん電灯《でんとう》の方《ほう》へ下《お》りて行《い》きますと、いままでばけもののように、長《なが》くぼんやり、うしろへ引《ひ》いていたジョバンニの影法師《かげぼうし》は、だんだん濃《こ》く黒《くろ》くはっきりなって、足《あし》をあげたり手《て》を振《ふ》ったり、ジョバンニの横《よこ》の方《ほう》へまわって来《く》るのでした。

(僕《ぼく》は立派《りっぱ》な機関車《きかんしゃ》だ。ここは勾配《こうばい》(1)だから速《はや》いぞ。僕《ぼく》はいまその電灯《でんとう》を通《とお》り越《こ》す。そうら、こんどは僕《ぼく》の影法師《かげぼうし》はコンパスだ。あんなにくるっとまわって、前《まえ》の方《ほう》へ来《き》た)

とジョバンニが思《おも》いながら、大股《おおまた》にその街灯《がいとう》の下《した》を通《とお》り過《す》ぎたとき、いきなり昼間《ひるま》のザネリが、新《あたら》しいえりのとがったシャツを着《き》て電灯《でんとう》の向《む》こう側《がわ》の暗《くら》い小路《こうじ》(2)から出《で》て来《き》て、ひらっとジョバンニとすれちがいました。

「ザネリ、烏瓜流《からすうりなが》しに行《い》くの」

ジョバンニがまだそう言《い》ってしまわないうちに、

(1) 斜面《しゃめん》。(2) 街中《まちなか》の狭《せま》い通《とお》り。

「ジョバンニ、お父《とう》さんから、らっこの上着《うわぎ》が来《く》るよ」

その子《こ》が投《な》げつけるようにうしろから叫《さけ》びました。

ジョバンニは、ばっと胸《むね》が冷《つめ》たくなり、そこら中《じゅう》きぃんと鳴《な》るように思《おも》いました。

「なんだい。ザネリ」とジョバンニは高《たか》く叫《さけ》び返《かえ》しましたが、もうザネリは向《む》こうのひば(1)の植《う》わった家《いえ》の中《なか》へ入《はい》っていました。

「ザネリはどうして僕《ぼく》がなんにもしないのに、あんなことを言《い》うのだろう。走《はし》るときはまるでねずみのようなくせに。僕《ぼく》がなんにもしないのにあんなことを言《い》うのはザネリがばかだからだ」

ジョバンニは、せわしくいろいろのことを考《かんが》えながら、さまざまの灯《あかり》や木《き》の枝《えだ》で、すっかりきれいに飾《かざ》られた街《まち》を通《とお》って行《い》きました。時計屋《とけいや》の店《みせ》には明《あか》るくネオン(2)灯《とう》がついて、一秒《いちびょう》ごとに石《いし》でこさえたふくろうの赤《あか》い眼《め》が、くるっくるっと動《うご》いたり、いろいろな宝石《ほうせき》が海《うみ》のようないろをした厚《あつ》い硝子《ガラス》の盤《ばん》に載《の》って星《ほし》のようにゆっくりめぐったり、また向《む》こう側《がわ》から、銅《どう》(3)の人馬《じんば》がゆっくりこっちへまわって来《き》たりするのでした。そのまん中《なか》に円《まる》い

（1）ヒノキの葉《は》。またはヒノキ。（2）赤《あか》だいだい色《いろ》の灯《あかり》。（3）腰《こし》から上《うえ》が人間《にんげん》、下《した》が馬《うま》の架空《かくう》の動物《どうぶつ》。

黒《くろ》い星座《せいざ》早見《はやみ》が青《あお》いアスパラガスの葉《は》で飾《かざ》ってありました。

ジョバンニはわれを忘《わす》れて、その星座《せいざ》の図《ず》に見入《みい》りました。

それは昼《ひる》、学校《がっこう》で見《み》たあの図《ず》よりはずうっと小《ちい》さかったのですが、その日《ひ》と時間《じかん》に合《あ》わせて盤《ばん》をまわすと、そのとき出《で》ている空《そら》がそのまま楕円形《だえんけい》の中《なか》にめぐってあらわれるようになっており、やはりそのまん中《なか》には上《うえ》から下《した》へかけて銀河《ぎんが》がぼうとけむったような帯《おび》になって、その下《した》の方《ほう》では微《かす》かに爆発《ばくはつ》して湯気《ゆげ》でもあげているように見《み》えるのでした。またそのうしろには三本《さんぼん》の脚《あし》のついた小《ちい》さな望遠鏡《ぼうえんきょう》が黄《き》いろに光《ひか》って立《た》っていましたし、いちばんうしろの壁《かべ》には、空《そら》じゅうの星座《せいざ》を不思議《ふしぎ》な獣《けもの》や蛇《へび》や魚《さかな》や瓶《びん》の形《かたち》に書《か》いた大《おお》きな図《ず》がかかっていました。

ほんとうにこんなようなさそりだの勇士《ゆうし》だの空《そら》にぎっしりいるだろうか、ああ僕《ぼく》はその中《なか》をどこまでも歩《ある》いて見《み》たいと思《おも》ってたりしてしばらくぼんやり立《た》っていました。

それからにわかにお母《かあ》さんの牛乳《ぎゅうにゅう》のことを思《おも》い出《だ》してジョバンニはその店《みせ》をはなれました。そしてきゅうくつな上着《うわぎ》の肩《かた》を気《き》にしながら、それでもわざと胸《むね》を張《は》って大《おお》きく手《て》を振《ふ》って町《まち》を通《とお》って行《い》きました。

空気《くうき》は澄《す》みきって、まるで水《みず》のように通《とお》りや店《みせ》の中《なか》を流《なが》れましたし、街灯《がいとう》はみなまっ青《さお》なもみや楢《なら》の枝《えだ》で包《つつ》まれ、電《でん》気《き》会《がい》社《しゃ》の前《まえ》の六本《ろっぽん》のプラタヌス(1)の木《き》などは、中《なか》にたくさんの豆電灯《まめでんとう》がついて、ほんとうにそこらは人魚《にんぎょ》の都《みやこ》のように見《み》えるのでした。子供《こども》らは、みんな新《あたら》しい折《おり》のついた着物《きもの》を着《き》て、(2)星《ほし》めぐりの口笛《くちぶえ》を吹《ふ》いたり、「ケンタウルス、露《つゆ》をふらせ」と叫《さけ》んで走《はし》ったり、青《あお》いマグネシヤ(3)の花火《はなび》を燃《も》やしたりして、たのしそうに遊《あそ》んでいるのでした。けれどもジョバンニは、いつかまた深《ふか》く首《くび》を垂《た》れて、そこらのにぎやかさとはまるでちがったことを考《かんが》えながら、牛乳屋《ぎゅうにゅうや》の方《ほう》へ急《いそ》ぐのでした。

ジョバンニは、いつか町《まち》はずれのポプラの木《き》が幾本《いくほん》も幾本《いくほん》も、高《たか》く星空《ほしぞら》に浮《う》かんでいるところに来《き》ていました。その牛乳屋《ぎゅうにゅうや》の黒《くろ》い門《もん》を入《はい》り、牛《うし》の匂《にお》いのするうすくらい台所《だいどころ》の前《まえ》に立《た》って、ジョバンニは帽子《ぼうし》をぬいで「こんばんは」と言《い》いましたら、家《いえ》の中《なか》はしぃんとして誰《だれ》もいたようではありませんでした。

「こんばんは、ごめんなさい」

(1)道《みち》や庭園《ていえん》によく植《う》えられる木《き》の種類《しゅるい》。(2)賢治《けんじ》が作《つく》った歌《うた》「星《ほし》めぐりの歌《うた》」のこと。(3)火《ひ》をつけると閃光《せんこう》を放《はな》って燃《も》える物質《ぶっしつ》。

ジョバンニはまっすぐに立《た》ってまた叫《さけ》びました。するとしばらくたってから、年《とし》とった女《おんな》の人《ひと》が、どこか具合《ぐあい》が悪《わる》いようにそろそろと出《で》て来《き》てなにか用《よう》かと口《くち》の中《なか》で言《い》いました。

「あの、今日《きょう》、牛乳《ぎゅうにゅう》が僕《ぼく》んとこへ来《こ》なかったので、もらいにあがったんです」

ジョバンニが一生《いっしょう》けん命勢《めいいきお》いよく言《い》いました。

「いま誰《だれ》もいないでわかりません。あしたにして下《くだ》さい」

その人《ひと》は、赤《あか》い眼《め》の下《した》のとこをこすりながら、ジョバンニを見《み》おろして言《い》いました。

「おっかさんが病気《びょうき》なんですから今晩《こんばん》でないと困《こま》るんです」

「ではもう少《すこ》したってから来《き》て下《くだ》さい」

その人《ひと》はもう行《い》ってしまいそうでした。

「そうですか。ではありがとう」

ジョバンニは、おじぎをして台所《だいどころ》から出《で》ました。

十字《じゅうじ》になった町《まち》の角《かど》を、曲《ま》がろうとしましたら、向《む》こうの橋《はし》へ行《い》く方《ほう》の雑貨店《ざっかてん》の前《まえ》で、黒《くろ》い影《かげ》やぼんやり白《しろ》いシャツが入《い》り乱《みだ》れて、六《ろく》、七人《しちにん》の生徒《せいと》らが、口笛《くちぶえ》を吹《ふ》いたり笑《わら》ったりして、めいめい烏瓜《からすうり》の灯火《あかり》を持《も》ってやって来《く》るのを見《み》ました。その笑《わら》い声《ごえ》も口笛《くちぶえ》も、みんな聞《き》きおぼえのあるものでした。ジョバンニの同級《どうきゅう》の子供《こども》らだったのです。ジョバンニは思《おも》わずどきっとして戻《もど》ろうとしましたが、思《おも》い直《なお》して、いっそう勢《いきお》いよくそっちへ歩《ある》いて行《い》きました。

「川《かわ》へ行《い》くの」ジョバンニが言《い》おうとして、少《すこ》しのどがつまったように思《おも》ったとき、

「ジョバンニ、らっこの上着《うわぎ》が来《く》るよ」

さっきのザネリがまた叫《さけ》びました。

「ジョバンニ、らっこの上着《うわぎ》が来《く》るよ」

すぐみんなが、続《つづ》いて叫《さけ》びました。ジョバンニはまっ赤《か》になって、もう歩《ある》いているかもわからず、急《いそ》いで行《い》きすぎようとしましたら、そのなかにカムパネルラがいたのです。カムパネルラは気《き》の毒《どく》そうに、だまって少《すこ》し笑《わら》って、怒《おこ》らないだろうかというようにジョバンニの方《ほう》を見《み》ていました。

ジョバンニは、逃《に》げるようにその眼《め》を避《さ》け、そしてカムパネルラのせいの高《たか》い形《かたち》が過《す》ぎて行《い》って間《ま》もなく、みんなはてんでに口笛《くちぶえ》を吹《ふ》きました。町《まち》かどを曲《ま》がるとき、ふりかえって見《み》ましたら、ザネリがやはりふりかえって見《み》ていました。そしてカムパネルラもまた、高《たか》く口笛《くちぶえ》を吹《ふ》いて向《む》こうにぼんやり見《み》える橋《はし》の方《ほう》へ歩《ある》いて行《い》ってしまったのでした。

ジョバンニは、なんとも言《い》えずさびしくなって、いきなり走《はし》り出《だ》しました。すると耳《みみ》に

手《て》をあてて、ああと言《い》いながら片足《かたあし》でぴょんぴょん跳《と》んでいた小《ちい》さな子供《こども》らは、ジョバンニが面白《おもしろ》くてかけるのだと思《おも》ってわあいと叫《さけ》びました。まもなくジョバンニは黒《くろ》い丘《おか》の方《ほう》へ急《いそ》ぎました。

五、(1)天気輪《てんきりん》の柱《はしら》

牧場《ぼくじょう》のうしろはゆるい丘《おか》になって、その黒《くろ》い平《たい》らな頂上《ちょうじょう》は、北《きた》の大熊星《おおくまぼし》の下《した》に、ぼんやりふだんよりも低《ひく》く連《つら》なって見《み》えました。

ジョバンニは、もう露《つゆ》の降《お》りかかった小《ちい》さな林《はやし》のこみちを、どんどんのぼって行《い》きました。まっくらな草《くさ》や、いろいろな形《かたち》に見《み》えるやぶのしげみの間《あいだ》を、その小《ちい》さな道《みち》が、一《ひと》すじ白《しろ》く星《ほし》あかりに照《て》らし出《だ》されてあったのです。草《くさ》の中《なか》には、ぴかぴか青《あお》びかりを出《だ》す小《ちい》さな虫《むし》もいて、ある葉《は》は青《あお》くすかし出《だ》され、ジョバンニは、さっきみんなの持《も》って行《い》った烏瓜《からすうり》のあかりのようだとも思《おも》いました。

(1) 賢治《けんじ》が想像《そうぞう》で造《つく》った言葉《ことば》。寺《てら》やお墓《はか》に置《お》かれた木製《もくせい》の柱《はしら》や、太陽《たいよう》の光《ひかり》が柱状《はしらじょう》に見《み》える現象《げんしょう》など色々《いろいろ》な解釈《かいしゃく》がある。

そのまっ黒《くろ》な、松《まつ》や楢《なら》の林《はやし》を越《こ》えると、にわかにがらんと空《そら》がひらけて、天《あま》の川《がわ》がしらしらと南《みなみ》から北《きた》へわたっているのが見《み》え、また頂《いただき》の、天気輪《てんきりん》の柱《はしら》も見《み》わけられたのでした。(1)つりがねそうか野《の》ぎくかの花《はな》が、そこらいちめんに、夢《ゆめ》の中《なか》からでも薫《かお》り出《だ》したというように咲《さ》き、鳥《とり》が一匹《いっぴき》、丘《おか》の上《うえ》を鳴《な》き続《つづ》けながら通《とお》って行《い》きました。

ジョバンニは、頂《いただき》の天気輪《てんきりん》の柱《はしら》の下《した》に来《き》て、どかどかするからだを、冷《つめ》たい草《くさ》に投《な》げました。

町《まち》の灯《あかり》は、暗《やみ》の中《なか》をまるで海《うみ》の底《そこ》のお宮《みや》のけしきのようにともり、子供《こども》らの歌《うた》う声《こえ》や口笛《くちぶえ》、きれぎれの叫《さけ》び声《こえ》もかすかに聞《き》こえて来《く》るのでした。風《かぜ》が遠《とお》くで鳴《な》り、丘《おか》の草《くさ》もしずかにそよぎ、ジョバンニの汗《あせ》でぬれたシャツも冷《つめ》たく冷《ひ》やされました。ジョバンニは町《まち》のはずれから遠《とお》く黒《くろ》くひろがった野原《のはら》を見《み》わたしました。

そこから汽車《きしゃ》の音《おと》が聞《きこ》えてきました。その小《ちい》さな列車《れっしゃ》の窓《まど》は一列《いちれつ》小《ちい》さく赤《あか》く見《み》え、その中《なか》にはたくさんの旅人《たびびと》が、りんごをむいたり、笑《わら》ったり、いろいろな風《ふう》にしていると考《かんが》えますと、ジョバンニは、もうなんとも言《い》えずかなしくなって、また眼《め》を空《そら》に上《あ》げました。

(1) 山野《さんや》に生《は》える植物《しょくぶつ》。

ああ、あの白《しろ》い空《そら》の帯《おび》がみんな星《ほし》だというぞ。

ところがいくら見《み》ていても、その空《そら》は昼《ひる》、先生《せんせい》の言《い》ったような、がらんとした冷《つめ》たいとこだとは思《おも》われませんでした。それどころでなく、見《み》れば見《み》るほど、そこは小《ちい》さな林《はやし》や牧《ぼく》場《じょう》やらある野原《のはら》のように考《かんが》えられて仕方《しかた》なかったのです。そしてジョバンニは青《あお》い琴《こと》の星《ほし》が、三《みっ》つにも四《よっ》つにもなって、ちらちら瞬《またた》き、脚《あし》がなんべんも出《で》たり引《ひ》っ込《こ》んだりして、とうとうきのこのように長《なが》く延《の》びるのを見《み》ました。またすぐ眼《め》の下《した》のまちまでが、やっぱりぼんやりしたたくさんの星《ほし》の集《あつ》まりか一《ひと》つの大《おお》きなけむりかのように見《み》えるように思《おも》いました。

六、銀河《ぎんが》ステーション

そしてジョバンニは、すぐうしろの天気輪《てんきりん》の柱《はしら》がいつかぼんやりした(1)三角標《さんかくひょう》の形《かたち》になって、しばらくほたるのように、ぺかぺか消《き》えたりともったりしているのを見《み》ました。それ

（1）三角測量《さんかくそくりょう》という測量《そくりょう》をする際《さい》に使《つか》われるやぐら。

はだんだんはっきりして、とうとうりんと動《うご》かないようになり、濃《こ》い(1)鋼青《こうせい》の空《そら》の野原《のはら》にたちました。いま新《あたら》しくやいたばかりの青《あお》い鋼《はがね》の板《いた》のような、空《そら》の野原《のはら》に、まっすぐにすきっと立《た》ったのです。

するとどこかで、不思議《ふしぎ》な声《こえ》が、銀河《ぎんが》ステーション、銀河《ぎんが》ステーションと言《い》う声《こえ》がしたと思《おも》うといきなり眼《め》の前《まえ》が、ぱっと明《あか》るくなって、まるで億万《おくまん》の(2)ホタルイカの火《ひ》を一《いっ》ぺんに化石《かせき》させて、空中《そらじゅう》に沈《しず》めたという具合《ぐあい》、またダイアモンド会社《がいしゃ》で、ねだんがやすくならないために、わざととれないふりをして、かくしておいた(3)金剛石《こんごうせき》を、誰《だれ》かがいきなりひっくりかえして、ばらまいたという風《ふう》に、眼《め》の前《まえ》がさあっと明《あか》るくなって、ジョバンニは、思《おも》わずなんべんも眼《め》をこすってしまいました。

気《き》がついてみると、さっきから、ごとごとごとごと、ジョバンニの乗《の》っている小《ちい》さな列《れっ》車《しゃ》が走《はし》り続《つづ》けていたのでした。ほんとうにジョバンニは、夜《よる》の(4)軽便鉄道《けいべんてつどう》の、小《ちい》さな黄《き》いろの電灯《でんとう》のならんだ車室《しゃしつ》に、窓《まど》から外《そと》を見《み》ながら座《すわ》っていたのです。車室《しゃしつ》の中《なか》は、青《あお》い(5)びろうどを張《は》った腰掛《こしか》けが、まるでがらあきで、向《む》こうのねずみいろの(6)ワニスを塗《ぬ》った壁《かべ》に

（1）銅《どう》が錆《さ》びてできる青緑色《あおみどりいろ》の錆《さび》のこと。（2）青白《あおじろ》く発光《はっこう》する小《ちい》さなイカ。（3）ダイヤモンド。（4）小《ちい》さな鉄道《てつどう》。
（5）なめらかで光沢《こうたく》のある織物《おりもの》。（6）ニス。木材《もくざい》などの材料《ざいりょう》の表面《ひょうめん》を保護《ほご》するために塗《ぬ》られる。

は、(1)真鍮《しんちゅう》の大《おお》きなぼたんが二《ふた》つ光《ひか》っているのでした。

すぐ前《まえ》の席《せき》に、ぬれたようにまっ黒《くろ》な上着《うわぎ》を着《き》た、せいの高《たか》い子供《こども》が、窓《まど》から頭《あたま》を出《だ》して外《そと》を見《み》ているのに気《き》が付《つ》きました。そしてその子供《こども》の肩《かた》のあたりが、どうも見《み》たことのあるような気《き》がして、そう思《おも》うと、もうどうしても誰《だれ》だかわかりたくて、たまらなくなりました。いきなりこっちも窓《まど》から顔《かお》を出《だ》そうとしたとき、にわかにその子供《こども》が頭《あたま》を引《ひ》っ込《こ》めて、こっちを見《み》ました。

それはカムパネルラだったのです。

ジョバンニが、カムパネルラ、きみは前《まえ》からここにいたのと言《い》おうと思《おも》ったとき、カムパネルラが、

「みんなはね、ずいぶん走《はし》ったけれども遅《おく》れてしまったよ。ザネリもね、ずいぶん走《はし》ったけれども追《お》いつかなかった」と言《い》いました。

ジョバンニは、(そうだ、僕《ぼく》たちはいま、一緒《いっしょ》にさそって出掛《でか》けたのだ)と思《おも》いながら、

「どこかで待《ま》っていようか」と言《い》いました。するとカムパネルラは、

(1) 金属《きんぞく》の一種《いっしゅ》。銅《どう》と亜鉛《あえん》の合金《ごうきん》。

「ザネリはもう帰《かえ》ったよ。お父《とう》さんが迎《むか》えにきたんだ」

カムパネルラは、なぜかそう言《い》いながら、少《すこ》し顔《かお》いろが青《あお》ざめて、どこか苦《くる》しいというふうな風《ふう》でした。するとジョバンニも、なんだかどこかに、なにか忘《わす》れたものがあるというような、おかしな気持《きも》ちがしてだまってしまいました。

ところがカムパネルラは、窓《まど》から外《そと》をのぞきながら、もうすっかり元気《げんき》が直《なお》って、勢《いきお》いよく言《い》いました。

「ああしまった。僕《ぼく》、水筒《すいとう》を忘《わす》れてきた。スケッチ帳《ちょう》も忘《わす》れてきた。けれど構《かま》わない。もうじき白鳥《はくちょう》の停車場《ていしゃじょう》だから。僕《ぼく》、白鳥《はくちょう》を見《み》るなら、ほんとうにすきだ。川《かわ》の遠《とお》くを飛《と》んでいたって、僕《ぼく》はきっと見《み》える」

そして、カムパネルラは、円《まる》い板《いた》のようになった地図《ちず》を、しきりにぐるぐるまわして見《み》ていました。まったくその中《なか》に、白《しろ》くあらわされた天《あま》の川《がわ》の左《ひだり》の岸《きし》に沿《そ》って一条《いちじょう》の鉄道線《てつどうせん》路《ろ》が、南《みなみ》へ南《みなみ》へとたどって行《い》くのでした。そしてその地図《ちず》の立派《りっぱ》なことは、夜《よる》のようにまっ黒《くろ》な盤《ばん》の上《うえ》に、いちいちの停車場《ていしゃじょう》や三角標《さんかくひょう》(1)、泉水《せんすい》や森《もり》が、青《あお》や橙《だいだい》や緑《みどり》や、美《うつく》しい光《ひかり》

（1）池《いけ》のこと。

でちりばめられてありました。ジョバンニはなんだかその地図《ちず》をどこかで見《み》たように思《おも》いました。

「この地図《ちず》はどこで買《か》ったの。(1)黒曜石《こくようせき》でできてるねえ」

ジョバンニが言《い》いました。

「銀河《ぎんが》ステーションで、もらったんだ。君《きみ》もらわなかったの」

「ああ、僕《ぼく》、銀河《ぎんが》ステーションを通《とお》ったろうか。いま僕《ぼく》たちのいるとこ、ここだろう」

ジョバンニは、白鳥《はくちょう》と書《か》いてある停車場《ていしゃじょう》のしるしの、すぐ北《きた》を指《さ》しました。

「そうだ。おや、あの河原《かわら》は月夜《つきよ》だろうか」

そっちを見《み》ますと、青白《あおじろ》く光《ひか》る銀河《ぎんが》の岸《きし》に、銀《ぎん》いろの空《そら》のすすきが、もうまるでいちめん、風《かぜ》にさらさらさらさら、ゆられて動《うご》いて、波《なみ》を立《た》てているのでした。

「月夜《つきよ》でないよ。銀河《ぎんが》だから光《ひか》るんだよ」

ジョバンニは言《い》いながら、まるではね上《あ》りたいくらいゆかいになって、足《あし》をこつこつ鳴《な》らし、窓《まど》から顔《かお》を出《だ》して、高《たか》く高《たか》く星《ほし》めぐりの口笛《くちぶえ》を吹《ふ》きながら一生《いっしょう》けん命《めい》伸《の》びあがって、

(1) 黒《くろ》い色《いろ》をした火山岩《かざんがん》の一種《いっしゅ》。また、それを加工《かこう》した宝石《ほうせき》のこと。

その天《あま》の川《がわ》の水《みず》を、見《み》きわめようとしましたが、はじめはどうしてもそれが、はっきりしませんでした。

けれどもだんだん気《き》をつけて見《み》ると、そのきれいな水《みず》は、硝子《ガラス》よりも水素《すいそ》よりもすきとおって、ときどき眼《め》の加減《かげん》か、ちらちら紫《むらさき》いろのこまかな波《なみ》をたてたり、虹《にじ》のようにぎらっと光《ひか》ったりしながら、声《こえ》もなくどんどん流《なが》れて行《い》き、野原《のはら》にはあっちにもこっちにも、(1)燐光《りんこう》の三角標《さんかくひょう》が、美《うつく》しく立《た》っていたのです。遠《とお》いものは小《ちい》さく、近《ちか》いものは大《おお》きく、遠《とお》いものは橙《だいだい》や黄《き》いろではっきりし、近《ちか》いものは青白《あおじろ》く少《すこ》しかすんで、あるいは三角形《さんかっけい》、あるいは四辺形《しへんけい》、あるいは電《いなずま》や鎖《くさり》の形《かたち》、さまざまにならんで、野原《のはら》いっぱい光《ひか》っているのでした。

ジョバンニは、まるでどきどきして、頭《あたま》をやけに振《ふ》りました。するとほんとうに、そのきれいな野原中《のはらじゅう》の青《あお》や橙《だいだい》や、いろいろかがやく三角標《さんかくひょう》も、てんでに息《いき》をつくように、ちらちらゆれたり震《ふる》えたりしました。

「僕《ぼく》はもう、すっかり天《てん》の野原《のはら》に来《き》た」

(1) 物質《ぶっしつ》が発《はっ》する光《ひかり》。

ジョバンニは言《い》いました。

「それにこの汽車《きしゃ》、石炭《せきたん》をたいていないねえ」

ジョバンニが左手《ひだりて》をつき出《だ》して窓《まど》から前《まえ》の方《ほう》を見《み》ながら言《い》いました。

「アルコールか電気《でんき》だろう」

カムパネルラが言《い》いました。

ごとごとごとごと、その小《ちい》さなきれいな汽車《きしゃ》は、空《そら》のすすきの風《かぜ》にひるがえる中《なか》を、天《あま》の川《がわ》の水《みず》や、三角点《さんかくてん》の青白《あおじろ》い微光《びこう》(1)の中《なか》を、どこまでもどこまでもと、走《はし》って行《い》くのでした。

「ああ、りんどう(2)の花《はな》が咲《さ》いている。もうすっかり秋《あき》だねえ」

カムパネルラが、窓《まど》の外《そと》を指《さ》さして言《い》いました。

線路《せんろ》のへりになったみじかい芝草《しばくさ》の中《なか》に、月長石《げっちょうせき》(3)ででも刻《きざ》まれたような、すばらしい紫《むらさき》のりんどうの花《はな》が咲《さ》いていました。

「僕《ぼく》、飛《と》び下《お》りて、あいつをとって、また飛《と》び乗《の》ってみせようか」

(1) かすかな光《ひかり》。(2) 釣《つ》り鐘形《かねがた》のきれいな紫色《むらさきいろ》の花《はな》を上向《うわむ》きに咲《さ》かせる植物《しょくぶつ》。(3) 美《うつく》しい青色《あおいろ》の金属的《きんぞくてき》な光《ひかり》を放《はな》つ石《いし》の一種《いっしゅ》。

ジョバンニは胸《むね》をおどらせて言《い》いました。

「もうだめだ。あんなにうしろへ行《い》ってしまったから」

カムパネルラが、そう言《い》ってしまうかしまわないうち、次《つぎ》のりんどうの花《はな》が、いっぱいに光《ひか》って過《す》ぎて行《い》きました。

と思《おも》ったら、もう次《つぎ》から次《つぎ》から、たくさんの黄《き》いろな底《そこ》をもったりんどうの花《はな》のコップが、湧《わ》くように、雨《あめ》のように、眼《め》の前《まえ》を通《とお》り、三角標《さんかくひょう》の列《れつ》は、けむるように燃《も》えるように、いよいよ光《ひか》って立《た》ったのです。

七、北十字《きたじゅうじ》とプリオシン海岸《かいがん》(1)

「おっかさんは、僕《ぼく》をゆるして下《くだ》さるだろうか」

いきなり、カムパネルラが、思《おも》い切《き》ったというように、少《すこ》しどもりながら、せきこんで言《い》いました。

(1) プリオシンとは地層年代《ちそうねんだい》のひとつのこと。賢治《けんじ》が化石採取《かせきさいしゅ》を楽《たの》しんでいた北上川《きたかみがわ》の川原《かわら》がモデルだといわれている。

ジョバンニは、

(ああ、そうだ、僕《ぼく》のおっかさんは、あの遠《とお》い一《ひと》つのちりのように見《み》える橙《だいだい》いろの三角《さんかく》標《ひょう》のあたりにいらっしゃって、いま僕《ぼく》のことを考《かんが》えているんだった)と思《おも》いながら、ぼんやりしてだまっていました。

「僕《ぼく》はおっかさんが、ほんとうに幸《さいわ》いになるなら、どんなことでもする。けれども、いったいどんなことが、おっかさんのいちばんの幸《さいわ》いなんだろう」

カムパネルラは、なんだか、泣《な》きだしたいのを、一生《いっしょう》けん命《めい》こらえているようでした。

「きみのおっかさんは、なんにもひどいことないじゃないの」

ジョバンニはびっくりして叫《さけ》びました。

「僕《ぼく》わからない。けれども、誰《だれ》だって、ほんとうにいいことをしたら、いちばん幸《さいわ》いなんだねえ。だから、おっかさんは、僕《ぼく》をゆるして下《くだ》さると思《おも》う」

カムパネルラは、なにかほんとうに決心《けっしん》しているように見《み》えました。

にわかに、車《くるま》の中《なか》が、ぱっと白《しろ》く明《あか》るくなりました。見《み》ると、もうじつに、金剛石《こんごうせき》や草《くさ》の露《つゆ》やあらゆる立派《りっぱ》さを集《あつ》めたような、きらびやかな銀河《ぎんが》の河床《かわどこ》の上《うえ》を水《みず》は声《こえ》もなく形《かたち》もなく流《なが》れ、その流《なが》れのまん中《なか》に、ぼうっと青白《あおじろ》く後光《ごこう》の射《さ》した一《ひと》つの島《しま》が見《み》えるのでした。

その島《しま》の平《たい》らな頂《いただき》に、立派《りっぱ》な眼《め》もさめるような、白《しろ》い十字架《じゅうじか》がたって、それはもう凍《こお》った北極《ほっきょく》の雲《くも》で鋳《い》たといったらいいか、すきっとした金《きん》いろの円光《えんこう》をいただいて、しずかに永《えい》久《きゅう》に立《た》っているのでした。

「ハルレヤ、ハルレヤ」(1)

前《まえ》からもうしろからも声《こえ》が起《お》こりました。ふりかえって見《み》ると、車室《しゃしつ》の中《なか》の旅人《たびびと》たちは、みなまっすぐに着物《きもの》のひだを垂《た》れ、黒《くろ》いバイブル(2)を胸《むね》にあてたり、水晶《すいしょう》の数珠《じゅず》をかけたり、どの人《ひと》もつつましく指《ゆび》を組《く》み合《あ》わせて、そっちに祈《いの》っているのでした。思《おも》わず二人《ふたり》もまっすぐに立《た》ちあがりました。カムパネルラの頬《ほほ》は、まるで熟《じゅく》したりんごのあかしのように美《うつく》しくかがやいて見《み》えました。

そして島《しま》と十字架《じゅうじか》とは、だんだんうしろの方《ほう》へうつって行《い》きました。

向《む》こう岸《ぎし》も、青白《あおじろ》くぽうっと光《ひか》ってけむり、時々《ときどき》、やっぱりすすきが風《かぜ》にひるがえるらしく、さっとその銀《ぎん》いろがけむって、息《いき》でもかけたように見《み》え、また、たくさんのりんどうの花《はな》が、草《くさ》をかくれたり出《で》たりするのは、やさしい(3)狐火《きつねび》のように思《おも》われました。

（1）賢治《けんじ》の造語《ぞうご》。キリスト教《きょう》で神様《かみさま》をたたえるハレルヤと同《おな》じ意味《いみ》だと考《かんが》えられている。（2）聖書《せいしょ》。（3）人《ひと》がつけたわけでもないのに夜《よる》に火《ひ》が燃《も》える現象《げんしょう》。

それもほんのちょっとの間《あいだ》、川《かわ》と汽車《きしゃ》との間《あいだ》は、すすきの列《れつ》でさえぎられ、白鳥《はくちょう》の島《しま》は、二度《にど》ばかり、うしろの方《ほう》に見《み》えましたが、じきもうずうっと遠《とお》く小《ちい》さく、絵《え》のようになってしまい、またすすきがざわざわ鳴《な》って、とうとうすっかり見《み》えなくなってしまいました。ジョバンニのうしろには、いつから乗《の》っていたのか、せいの高《たか》い、黒《くろ》い(1)かつぎをしたカト(2)リック風《ふう》の尼《あま》さんが、まん円《まる》な緑《みどり》の瞳《ひとみ》を、じっとまっすぐに落《お》として、まだなにかことばか声《こえ》かが、そっちから伝《つた》わって来《く》るのを、つつしんで聞《き》いているというように見《み》えました。旅人《たびびと》たちはしずかに席《せき》に戻《もど》り、二人《ふたり》も胸《むね》いっぱいのかなしみに似《に》た新《あたら》しい気持《きも》ちを、何気《なにげ》なくちがったことばで、そっと話《はな》し合《あ》ったのです。

「もうじき白鳥《はくちょう》の停車場《ていしゃじょう》だねえ」

「ああ、十一時《じゅういちじ》かっきりには着《つ》くんだよ」

早《はや》くも、シグナルの緑《みどり》の灯《あかり》と、ぼんやり白《しろ》い柱《はしら》とが、ちらっと窓《まど》の外《そと》を過《す》ぎ、それから硫黄《いおう》のほのおのようなくらいぼんやりした(3)転《てん》てつ器《き》の前《まえ》のあかりが窓《まど》の下《した》を通《とお》り、汽車《きしゃ》は

(1)女性《じょせい》が外出《がいしゅつ》するときに頭《あたま》からかぶる衣服《いふく》。ベール。(2)キリスト教《きょう》の宗派《しゅうは》のひとつ。(3)鉄道線路《てつどうせんろ》の分《わ》かれ目《め》につけ、切《き》り替《か》えることで車両《しゃりょう》を他《ほか》の線路《せんろ》に移《うつ》す装置《そうち》。

だんだんゆるやかになって、間《ま》もなくプラットホームの一列《いちれつ》の電灯《でんとう》が、美《うつく》しく規則正《きそくただ》しくあらわれ、それがだんだん大《おお》きくなってひろがって、二人《ふたり》はちょうど白鳥停車場《はくちょうていしゃじょう》の、大《おお》きな時計《とけい》の前《まえ》に来《き》てとまりました。

さわやかな秋《あき》の時計《とけい》の盤面《ダイアル》には、青《あお》くやかれたはがねの二本《にほん》の針《はり》が、くっきり十一時《じゅういちじ》を指《さ》しました。みんなは、一《いっ》ぺんに降《お》りて、車室《しゃしつ》の中《なか》はがらんとなってしまいました。

〔二十分停車《にじゅっぷんていしゃ》〕と時計《とけい》の下《した》に書《か》いてありました。

「僕《ぼく》たちも降《お》りてみようか」

ジョバンニが言《い》いました。

「降《お》りよう」

二人《ふたり》は一度《いちど》にはねあがってドアを飛《と》び出《だ》して改札口《かいさつぐち》へかけて行《い》きました。ところが改札《かいさつ》口《ぐち》には、明《あか》るい紫《むらさき》がかった電灯《でんとう》が、一《ひと》つ点《つ》いているばかり、誰《だれ》もいませんでした。そこら中《じゅう》を見《み》ても、駅長《えきちょう》や(1)赤帽《あかぼう》らしい人《ひと》の、影《かげ》もなかったのです。

二人《ふたり》は、停車場《ていしゃじょう》の前《まえ》の、水晶細工《すいしょうざいく》のように見《み》える銀杏《いちょう》の木《き》に囲《かこ》まれた、小《ちい》さな広場《ひろば》に

(1) 鉄道駅構内《てつどうえきこうない》で客《きゃく》の手荷物《てにもつ》などを運搬《うんぱん》する職業《しょくぎょう》。

出《で》ました。そこから幅《はば》の広《ひろ》い道《みち》が、まっすぐに銀河《ぎんが》の青光《あおびかり》の中《なか》へ通《とお》っていました。

さきに降《お》りた人《ひと》たちは、もうどこへ行《い》ったか一人《ひとり》も見《み》えませんでした。二人《ふたり》がその白《しろ》い道《みち》を、肩《かた》をならべて行《い》きますと、二人《ふたり》の影《かげ》は、ちょうど四方《しほう》に窓《まど》のある部屋《へや》の中《なか》の、二本《にほん》の柱《はしら》の影《かげ》のように、また二《ふた》つの車輪《しゃりん》(1)の輻《や》のように幾本《いくほん》も幾本《いくほん》も四方《しほう》へ出《で》るのでした。そして間《ま》もなく、あの汽車《きしゃ》から見《み》えたきれいな河原《かわら》に来《き》ました。

カムパネルラは、そのきれいな砂《すな》を一《ひと》つまみ、てのひらにひろげ、指《ゆび》できしきしさせながら、夢《ゆめ》のように言《い》っているのでした。

「この砂《すな》はみんな水晶《すいしょう》だ。中《なか》で小《ちい》さな火《ひ》が燃《も》えている」

「そうだ」

どこで僕《ぼく》は、そんなこと習《なら》ったろうと思《おも》いながら、ジョバンニもぼんやり答《こた》えていました。

河原《かわら》の礫《こいし》は、みんなすきとおって、たしかに水晶《すいしょう》(2)や黄玉《トパース》や、またくしゃくしゃの皺曲《しゅうきょく》(3)

（1）車輪《しゃりん》の中心部《ちゅうしんぶ》から輪《わ》に向《む》かって放射状《ほうしゃじょう》に出《で》ている棒《ぼう》のこと。（2）無色《むしょく》または黄色《きいろ》の透明《とうめい》な宝石《ほうせき》。（3）平《たい》らな地層《ちそう》がしわを寄《よ》せたような波形《はけい》に曲《ま》がっていること。

をあらわしたのや、またかどから霧《きり》のような青白《あおじろ》い光《ひかり》を出《だ》す(1)鋼玉《こうぎょく》やらでした。ジョバンニは、走《はし》ってその渚《なぎさ》に行《い》って、水《みず》に手《て》をひたしました。けれどもあやしいその銀河《ぎんが》の水《みず》は、水素《すいそ》よりももっとすきとおっていたのです。それでもたしかに流《なが》れていたことは、二人《ふたり》の手首《てくび》の、水《みず》にひたったとこが、少《すこ》し(2)水銀《すいぎん》いろに浮《う》いたように見《み》え、その手首《てくび》にぶっつかってできた波《なみ》は、美《うつく》しい燐光《りんこう》をあげて、ちらちらと燃《も》えるように見《み》えたのでもわかりました。

川上《かわかみ》の方《ほう》を見《み》ると、すすきのいっぱいに生《は》えている崖《がけ》の下《した》に、白《しろ》い岩《いわ》が、まるで運動場《うんどうじょう》のように平《たい》らに川《かわ》に沿《そ》って出《で》ているのでした。そこに小《ちい》さな五《ご》、六人《ろくにん》の人《ひと》かげが、なにか掘《ほ》り出《だ》すか埋《う》めるかしているらしく、立《た》ったり屈《かが》んだり、時々《ときどき》なにかの道具《どうぐ》が、ピカッと光《ひか》ったりしました。

「行《い》ってみよう」

二人《ふたり》は、まるで一度《いちど》に叫《さけ》んで、そっちの方《ほう》へ走《はし》りました。その白《しろ》い岩《いわ》になった所《ところ》の入口《いりぐち》に、

〔プリオシン海岸《かいがん》〕という、(3)瀬戸物《せともの》のつるつるした標札《ひょうさつ》が立《た》って、向《む》こうの渚《なぎさ》には、と

(1)鉱物《こうぶつ》の一種《いっしゅ》。(2)銀《ぎん》のような光沢《こうたく》を放《はな》つ液体《えきたい》の金属《きんぞく》。(3)陶磁器《とうじき》のこと。

ころどころ、細《ほそ》い鉄《てつ》の(1)欄干《らんかん》も植《う》えられ、木製《もくせい》のきれいなベンチも置《お》いてありました。

「おや、変《へん》なものがあるよ」

カムパネルラが、不思議《ふしぎ》そうに立《た》ちどまって、岩《いわ》から黒《くろ》い細長《ほそなが》いさきのとがったくるみの実《み》のようなものを拾《ひろ》いました。

「くるみの実《み》だよ。そら、たくさんある。流《なが》れて来《き》たんじゃない。岩《いわ》の中《なか》に入《はい》ってるんだ」

「大《おお》きいね、このくるみ、倍《ばい》あるね。こいつは少《すこ》しもいたんでない」

「早《はや》くあすこへ行《い》って見《み》よう。きっとなにか掘《ほ》ってるから」

二人《ふたり》は、ぎざぎざの黒《くろ》いくるみの実《み》を持《も》ちながら、またさっきの方《ほう》へ近《ちか》よって行《い》きました。左手《ひだりて》の渚《なぎさ》には、波《なみ》がやさしい稲妻《いなずま》のように燃《も》えて寄《よ》せ、右手《みぎて》の崖《がけ》には、いちめん銀《ぎん》や貝殻《かいがら》でこさえたようなすすきの穂《ほ》がゆれたのです。

だんだん近付《ちかづ》いて見《み》ると、一人《ひとり》のせいの高《たか》い、ひどい近眼鏡《きんがんきょう》をかけ、長靴《ながぐつ》をはいた学者《がくしゃ》らしい人《ひと》が、手帳《てちょう》になにかせわしそうに書《か》きつけながら、(2)つるはしをふりあげたり、(3)スコ

（1）橋《はし》などのふちに人《ひと》が落《お》ちないように縦横《じゅうおう》にわたした手《て》すり。（2）地面《じめん》や岩《いわ》を砕《くだ》くために使《つか》われる道具《どうぐ》。（3）スコップ。

ープを使《つか》ったりしている、三人《さんにん》の助手《じょしゅ》らしい人《ひと》たちに夢中《むちゅう》でいろいろ指図《さしず》をしていました。

「そこのその突起《とっき》を壊《こわ》さないように。スコープを使いたまえ、スコープを。おっと、も少《すこ》し遠《とお》くから掘《ほ》って。いけない、いけない。なぜそんな乱暴《らんぼう》をするんだ」

見《み》ると、その白《しろ》い柔《やわ》らかな岩《いわ》の中《なか》から、大《おお》きな大《おお》きな青白《あおじろ》い獣《けもの》の骨《ほね》が、横《よこ》に倒《たお》れて潰《つぶ》れたという風《ふう》になって、半分以上《はんぶんいじょう》掘《ほ》り出《だ》されていました。そして気《き》をつけて見《み》ると、そこらには、ひづめの二《ふた》つある足跡《あしあと》のついた岩《いわ》が、四角《しかく》に十《じゅう》ばかり、きれいに切《き》り取《と》られて番《ばん》号《ごう》がつけられてありました。

「君《きみ》たちは参観《さんかん》かね」

その(1)大学士《だいがくし》らしい人《ひと》が、眼鏡《めがね》をきらっとさせて、こっちを見《み》て話《はな》しかけました。

「くるみがたくさんあったろう。それはまあ、ざっと百二十万年《ひゃくにじゅうまんねん》ぐらい前《まえ》のくるみだよ。ごく新《あたら》しい方《ほう》さ。ここは百二十万年前《ひゃくにじゅうまんねんまえ》、第三紀《だいさんき》のあとのころは海岸《かいがん》でね、この下《した》からは貝殻《かいがら》も出《で》る。いま川《かわ》の流《なが》れているところに、そっくり塩水《しおみず》が寄《よ》せたり引《ひ》いたりもしていたのだ。この獣《けもの》かね、これはボスといってね、おいおい、そこつるはしはよしたまえ。ていねいにのみ(2)でやってくれたまえ。ボスといってね、いまの牛《うし》の先祖《せんぞ》で、昔《むかし》はたくさんいた

（1）ここでは学者《がくしゃ》のことを指《さ》す。（2）彫刻刀《ちょうこくとう》に似《に》た形《かたち》の、穴《あな》をあけるための道具《どうぐ》。

さ」

「標本《ひょうほん》にするんですか。」

「いや、証明《しょうめい》するにいるんだ。僕《ぼく》らからみると、ここは厚《あつ》い立派《りっぱ》な地層《ちそう》で、百二十万年《ひゃくにじゅうまんねん》ぐらい前《まえ》にできたという証拠《しょうこ》もいろいろあがるけれども、僕《ぼく》らとちがったやつからみてもやっぱりこんな地層《ちそう》に見《み》えるかどうか、あるいは風《かぜ》か水《みず》やがらんとした空《そら》かに見《み》えやしないかということなのだ。わかったかい。けれども、おいおい。そこもスコープではいけない。そのすぐ下《した》にろっ骨《こつ》が埋《う》もれてるはずじゃないか」

大学士《だいがくし》はあわてて走《はし》って行《い》きました。

「もう時間《じかん》だよ。行《い》こう」

カムパネルラが地図《ちず》と腕時計《うでどけい》とをくらべながら言《い》いました。

「ああ、ではわたくしどもは失礼《しつれい》いたします」

ジョバンニは、ていねいに大学士《だいがくし》におじぎしました。

「そうですか。いや、さよなら」

大学士《だいがくし》は、また忙《いそが》しそうに、あちこち歩《ある》きまわって監督《かんとく》をはじめました。二人《ふたり》は、その白《しろ》い岩《いわ》の上《うえ》を、一生《いっしょう》けん命汽車《めいきしゃ》に遅《おく》れないように走《はし》りました。そしてほんとうに、風《かぜ》のように走《はし》れたのです。息《いき》も切《き》れずひざもあつくなりませんでした。

こんなにしてかけるなら、もう世界中《せかいじゅう》だってかけれると、ジョバンニは思《おも》いました。

そして二人《ふたり》は、前《まえ》のあの河原《かわら》を通《とお》り、改札口《かいさつぐち》の電灯《でんとう》がだんだん大《おお》きくなって、間《ま》もなく二人《ふたり》は、もとの車室《しゃしつ》の席《せき》に座《すわ》って、いま行《い》って来《き》た方《ほう》を、窓《まど》から見《み》ていました。

八、鳥《とり》を捕《と》る人《ひと》

「ここへかけてもようございますか」

がさがさした、けれども親切《しんせつ》そうな、大人《おとな》の声《こえ》が、二人《ふたり》のうしろで聞《き》こえました。

それは、茶《ちゃ》いろの少《すこ》しぼろぼろの外套《がいとう》を着《き》て、白《しろ》い布《きれ》でつつんだ荷物《にもつ》を、二《ふた》つに分《わ》けて肩《かた》に掛《か》けた、赤《あか》ひげのせなかのかがんだ人《ひと》でした。

「ええ、いいんです」

ジョバンニは、少《すこ》し肩《かた》をすぼめて挨拶《あいさつ》しました。その人《ひと》は、ひげの中《なか》でかすかに笑《わら》いながら荷物《にもつ》をゆっくり網棚《あみだな》にのせました。ジョバンニは、なにかたいへんさびしいようなかなしいような気《き》がして、だまって正面《しょうめん》の時計《とけい》を見《み》ていましたら、ずうっと前《まえ》の方《ほう》で、硝子《ガラス》の笛《ふえ》のようなものが鳴《な》りました。汽《き》車《しゃ》はもう、しずかに動《うご》いていたのです。カムパネルラは、車室《しゃしつ》の天井《てんじょう》を、あちこち見《み》ていました。その一《ひと》つのあかりに黒《くろ》いかぶと虫《むし》がとまってその影《かげ》が大《おお》きく天井《てんじょう》にうつっていたのです。赤《あか》ひげの人《ひと》は、なにかなつかしそうに笑《わら》いながら、ジョバンニやカムパネルラのようすを見《み》ていました。汽《き》車《しゃ》はもうだんだん早《はや》くなって、すすきと川《かわ》と、かわるがわる窓《まど》の外《そと》から光《ひか》りました。

赤《あか》ひげの人《ひと》が、少《すこ》しおずおずしながら、二人《ふたり》にききました。

「あなた方《がた》は、どちらへいらっしゃるんですか」

「どこまでも行《い》くんです」ジョバンニは、少《すこ》しきまり悪《わる》そうに答《こた》えました。

「それはいいね。この汽《き》車《しゃ》は、じっさい、どこまででも行《い》きますぜ」

「あなたはどこへ行《い》くんです」

カムパネルラが、いきなり、けんかのように尋《たず》ねましたので、ジョバンニは、思《おも》わず笑《わら》いました。すると、向《む》こうの席《せき》にいた、とがった帽《ぼう》子《し》をかぶり、大《おお》きな鍵《かぎ》を腰《こし》に下《さ》げた人《ひと》も、ちらっとこっちを見《み》て笑《わら》いましたので、カムパネルラも、つい顔《かお》を赤《あか》くして笑《わら》いだしてしまいました。ところがその人《ひと》は別《べつ》に怒《おこ》ったでもなく、頬《ほほ》をぴくぴくしながら返事《へんじ》しました。

「わっしはすぐそこで降《お》ります。わっしは、鳥《とり》をつかまえる商売《しょうばい》でね」

「なに鳥《どり》ですか」

「鶴《つる》や雁《がん》(1)です。さぎも白鳥《はくちょう》もです」

「鶴《つる》はたくさんいますか」

「いますとも、さっきから鳴《な》いてまさあ。聞《き》かなかったのですか」

「いいえ」

「いまでも聞《き》こえるじゃありませんか。そら、耳《みみ》をすまして聴《き》いてごらんなさい」

二人《ふたり》は眼《め》をあげ、耳《みみ》をすましました。ごとごと鳴《な》る汽車《きしゃ》のひびきと、すすきの風《かぜ》との間《あいだ》から、ころんころんと水《みず》の湧《わ》くような音《おと》が聞《き》こえて来《く》るのでした。

「鶴《つる》、どうして捕《と》るんですか」

「鶴《つる》ですか、それともさぎですか」

「さぎです」

ジョバンニは、どっちでもいいと思《おも》いながら答《こた》えました。

(1) カモの仲間《なかま》の水鳥《みずどり》。カモより大《おお》きく、白鳥《はくちょう》より小《ちい》さい。

「そいつはな、(1)造作《ぞうさ》ない。さぎというものは、みんな天《あま》の川《がわ》の砂《すな》がこごって、ぼおっとできるもんですからね、そして始終川《しじゅうかわ》へ帰《かえ》りますからね、川原《かわら》で待《ま》っていて、さぎがみんな、脚《あし》をこういう風《ふう》にして下《お》りてくるとこを、そいつが地《じ》べたへつくかつかないうちに、ぴたっと押《お》さえちまうんです。するともうさぎは、かたまって安心《あんしん》して死《し》んじまいます。あとはもう、わかり切《き》ってまさあ。押《お》し葉《ば》にするだけです」

「さぎを押《お》し葉《ば》にするんですか。標本《ひょうほん》ですか」

「標本《ひょうほん》じゃありません。みんな食《た》べるじゃありませんか」

「おかしいねえ」

カムパネルラが首《くび》をかしげました。

「おかしいも不審《ふしん》もありませんや。そら」

その男《おとこ》は立《た》って、網棚《あみだな》から包《つつ》みを下《お》ろして、手《て》ばやくくるくると解《と》きました。

「さあ、ごらんなさい。いま捕《と》って来《き》たばかりです」

「ほんとうにさぎだねえ」

(1) 手間《てま》がかからない。簡単《かんたん》である。(2) 冷《ひ》えたり凍《こお》ったりして固《かた》まること。

二人《ふたり》は思《おも》わず叫《さけ》びました。まっ白《しろ》な、あのさっきの北《きた》の十字架《じゅうじか》のように光《ひか》るさぎのからだが、十《じゅう》ばかり、少《すこ》しひらべったくなって、黒《くろ》い脚《あし》をちぢめて、浮彫《うきぼり》(1)のようにならんでいたのです。

「眼《め》をつぶってるね」

カムパネルラは、指《ゆび》でそっと、さぎの三日月《みかづき》がたの白《しろ》いつぶった眼《め》にさわりました。頭《あたま》の上《うえ》の槍《やり》のような白《しろ》い毛《け》もちゃんとついていました。

「ね、そうでしょう」

鳥捕《とりと》りは風呂敷《ふろしき》を重《かさ》ねて、またくるくると包《つつ》んでひもでくくりました。誰《だれ》がいったいここらでさぎなんぞ食《た》べるだろうとジョバンニは思《おも》いながらききました。

「さぎはおいしいんですか」

「ええ、毎日注文《まいにちちゅうもん》があります。しかし雁《がん》の方《ほう》が、もっと売《う》れます。雁《がん》の方《ほう》がずっと柄《がら》がいいし、第一手数《だいいちてすう》がありませんからな。そら」

鳥捕《とりと》りは、また別《べつ》の方《ほう》の包《つつ》みを解《と》きました。すると黄《き》と青《あお》じろとまだらになって、なに

(1) 平面《へいめん》に絵《え》や模様《もよう》などを浮《う》き上《あ》がらせるように彫《ほ》ること。

かのあかりのように光《ひか》る雁《がん》が、ちょうどさっきのさぎのように、くちばしを揃《そろ》えて、少《すこ》しひらべったくなって、ならんでいました。

「こっちはすぐ食《た》べられます。どうです、少《すこ》しおあがりなさい」

鳥捕《とりと》りは、黄《き》いろな雁《がん》の足《あし》を、軽《かる》くひっぱりました。するとそれは、チョコレートででもできているように、すっときれいにはなれました。

「どうです。少《すこ》し食《た》べてごらんなさい」

鳥捕《とりと》りは、それを二《ふた》つにちぎって渡《わた》しました。ジョバンニは、ちょっと食《た》べてみて、

(なんだ、やっぱりこいつはお菓子《かし》だ。チョコレートよりも、もっとおいしいけれども、こんな雁《がん》が飛《と》んでいるもんか。この男《おとこ》は、どこかそこらの野原《のはら》の菓子屋《かしや》だ。けれども僕《ぼく》は、この人《ひと》をばかにしながら、この人《ひと》のお菓子《かし》を食《た》べているのは、たいへん気《き》の毒《どく》だ)と思《おも》いながら、やっぱりぽくぽくそれを食《た》べていました。

「も少《すこ》しおあがりなさい」

鳥捕《とりと》りがまた包《つつ》みを出《だ》しました。ジョバンニは、もっと食《た》べたかったのですけれども、

「ええ、ありがとう」と言《い》って遠慮《えんりょ》しましたら、鳥捕《とりと》りは、こんどは向《む》こうの席《せき》の、鍵《かぎ》を持《も》った人《ひと》に出《だ》しました。

「いや、商売《しょうばい》ものをもらっちゃすみませんな」

その人《ひと》は、帽子《ぼうし》をとりました。

「いいえ、どういたしまして。どうです、今年《ことし》の渡《わた》り鳥《どり》の景気《けいき》は」

「いや、すてきなもんですよ。一昨日《おととい》の第二限《だいにげん》ころなんか、なぜ灯台《とうだい》の灯《あかり》を、規則以外《きそくいがい》に間《あいだ》〔※一字分空白《いちじぶんくうはく》〕させるかって、あっちからもこっちからも、電話《でんわ》(1)で故障《こしょう》が来《き》ましたが、なあに、こっちがやるんじゃなくて、渡《わた》り鳥《どり》どもが、まっ黒《くろ》にかたまって、あかしの前《まえ》を通《とお》るのですから仕方《しかた》ありませんや。わたしぁ、べらぼうめ、そんな苦情《くじょう》は、おれのとこへ持《も》って来《き》たって仕方《しかた》がねえや、ばさばさのマントを着《き》て脚《あし》と口《くち》との途方《とほう》もなく細《ほそ》い大将《たいしょう》へやれって、こう言《い》ってやりましたがね、はっは」

すすきがなくなったために、向《む》こうの野原《のはら》から、ぱっとあかりが射《さ》して来《き》ました。

「さぎの方《ほう》はなぜ手数《てすう》なんですか」

カムパネルラは、さっきから、きこうと思《おも》っていたのです。

「それはね、さぎを食《た》べるには」

(1) 文句《もんく》、苦情《くじょう》。

鳥捕《とりと》りは、こっちに向《む》き直《なお》りました。

「天《あま》の川《がわ》の水《みず》あかりに、十日《とおか》も吊《つ》るして置《お》くかね、そうでなけぁ、砂《すな》に三《さん》、四日《よっか》うずめなけぁいけないんだ。そうすると、水銀《すいぎん》がみんな蒸発《じょうはつ》して、食《た》べられるようになるよ」

「こいつは鳥《とり》じゃない。ただのお菓子《かし》でしょう」

やっぱり同《おな》じことを考《かんが》えていたとみえて、カムパネルラが、思《おも》い切《き》ったというように、尋《たず》ねました。鳥捕《とりと》りは、なにかたいへんあわてた風《ふう》で、

「そうそう、ここで降《お》りなけぁ」と言《い》いながら、立《た》って荷物《にもつ》をとったと思《おも》うと、もう見《み》えなくなっていました。

「どこへ行《い》ったんだろう」

二人《ふたり》は顔《かお》を見合《みあ》わせましたら、(1)灯台守《とうだいもり》は、にやにや笑《わら》って、少《すこ》し伸《の》びあがるようにしながら、二人《ふたり》の横《よこ》の窓《まど》の外《そと》をのぞきました。二人《ふたり》もそっちを見《み》ましたら、たったいまの鳥《とり》捕《と》りが、黄《き》いろと青《あお》じろの、美《うつく》しい燐光《りんこう》を出《だ》す、いちめんの(2)かわらははこぐさの上《うえ》に立《た》って、まじめな顔《かお》をして両手《りょうて》をひろげて、じっと空《そら》を見《み》ていたのです。

(1) 灯台《とうだい》を管理《かんり》する仕事《しごと》をしている人《ひと》。(2) 河原《かわら》の砂地《すなち》に群生《ぐんせい》する草《くさ》。

「あすこへ行《い》ってる。ずいぶん(1)奇体《きたい》だねえ。きっとまた鳥《とり》をつかまえるとこだねえ。汽車《きしゃ》が走《はし》って行《い》かないうちに、早《はや》く鳥《とり》が降《お》りるといいな」と言《い》った途端《とたん》、がらんとした(2)桔梗《ききょう》いろの空《そら》から、さっき見《み》たようなさぎが、まるで雪《ゆき》の降《ふ》るように、ぎゃあぎゃあ叫《さけ》びながら、いっぱいに舞《ま》いおりて来《き》ました。

するとあの鳥捕《とりと》りは、すっかり注文通《ちゅうもんどお》りだというようにほくほくして、両足《りょうあし》をかっきり六十度《ろくじゅうど》に開《ひら》いて立《た》って、さぎのちぢめて降《お》りて来《く》る黒《くろ》い脚《あし》を両手《りょうて》で片《かた》っ端《ぱし》から押《お》さえて、布《ぬの》の袋《ふくろ》の中《なか》に入《い》れるのでした。するとさぎは、ほたるのように、袋《ふくろ》の中《なか》でしばらく、青《あお》くぺかぺか光《ひか》ったり消《き》えたりしていましたが、おしまいとうとう、みんなぼんやり白《しろ》くなって、眼《め》をつぶるのでした。ところが、つかまえられる鳥《とり》よりは、つかまえられないで無事《ぶじ》に天《あま》の川《がわ》の砂《すな》の上《うえ》に降《お》りるものの方《ほう》が多《おお》かったのです。それは見《み》ていると、足《あし》が砂《すな》へつくや否《いな》や、まるで雪《ゆき》の融《と》けるように、ちぢまってひらべったくなって、間《ま》もなく(3)熔鉱炉《ようこうろ》から出《で》た銅《どう》の汁《しる》のように、砂《すな》や砂利《じゃり》の上《うえ》にひろがり、しばらくは鳥《とり》の形《かたち》が、砂《すな》についているのでしたが、それも二《に》、三度《さんど》明《あか》るくなったり暗《くら》くなったりしているうちに、もうすっかりま

（1）風変《ふうが》わり。奇妙《きみょう》。（2）青紫《あおむらさき》の色《いろ》をした星型《ほしがた》の花《はな》をつける植物《しょくぶつ》。（3）鉄鉱石《てっこうせき》から鉄《てつ》をとり出《だ》す設備《せつび》。

わりと同《おな》じいろになってしまうのでした。

鳥捕《とりと》りは二十匹《にじゅっぴき》ばかり、袋《ふくろ》に入《い》れてしまうと、急《きゅう》に両手《りょうて》をあげて、兵隊《へいたい》が鉄砲弾《てっぽうだま》にあたって、死《し》ぬときのような形《かたち》をしました。と思《おも》ったら、もうそこに鳥捕《とりと》りの形《かたち》はなくなって、かえって、

「ああせいせいした。どうもからだにちょうど合《あ》うほど稼《かせ》いでいるくらい、いいことはありませんな」という聞《き》きおぼえのある声《こえ》が、ジョバンニの隣《とな》りにしました。見《み》ると鳥捕《とりと》りは、もうそこでとって来《き》たさぎを、きちんと揃《そろ》えて、一《ひと》つずつ重《かさ》ね直《なお》しているのでした。

「どうしてあすこから、いっぺんにここへ来《き》たんですか」

ジョバンニが、なんだかあたりまえのような、あたりまえでないような、おかしな気《き》がして問《と》いました。

「どうしてって、来《こ》ようとしたから来《き》たんです。ぜんたいあなた方《がた》は、どちらからおいでですか」

ジョバンニは、すぐ返事《へんじ》しようと思《おも》いましたけれども、さあ、ぜんたいどこから来《き》たのか、もうどうしても考《かんが》えつきませんでした。カムパネルラも、顔《かお》をまっ赤《か》にしてなにか思《おも》い出《だ》そうとしているのでした。

「ああ、遠《とお》くからですね」

鳥捕《とりと》りは、わかったというように造作《ぞうさ》なくうなずきました。

九、ジョバンニの切符《きっぷ》

「もうここらは白鳥区《はくちょうく》のおしまいです。ごらんなさい。あれが名高《なだか》い(1)アルビレオの観測所《かんそくじょ》です」

窓《まど》の外《そと》の、まるで花火《はなび》でいっぱいのような、天《あま》の川《がわ》のまん中《なか》に、黒《くろ》い大《おお》きな建物《たてもの》が四棟《よんとう》ばかり立《た》って、その一《ひと》つの平屋根《ひらやね》の上《うえ》に、眼《め》もさめるような、(2)青宝玉《サファイア》と黄玉《トパース》の大《おお》きな二《ふた》つのすきとおった球《たま》が、輪《わ》になってしずかにくるくるとまわっていました。黄《き》いろのがだんだん向《む》こうへまわって行《い》って、青《あお》い小《ちい》さいのがこっちへ進《すす》んで来《き》、間《ま》もなく二《ふた》つのはじは、重《かさ》なり合《あ》って、きれいな緑《みどり》いろの両面凸《りょうめんとつ》レンズの形《かたち》をつくり、それも

(1) 白鳥座《はくちょうざ》のくちばし部分《ぶぶん》の星《ほし》。オレンジ色《いろ》の三等星《さんとうせい》と青《あお》い五等星《ごとうせい》が寄《よ》り添《そ》っている。(2) 主《おも》に青色《あおいろ》をした鉱物《こうぶつ》、宝石《ほうせき》。

だんだん、まん中《なか》がふくらみ出《だ》して、とうとう青《あお》いのは、すっかりトパースの正面《しょうめん》に来《き》ましたので、緑《みどり》の中心《ちゅうしん》と黄《き》いろな明《あか》るい環《わ》とができました。それがまただんだん横《よこ》へそれて、前《まえ》のレンズの形《かたち》を逆《ぎゃく》に繰《く》り返《かえ》し、とうとうすっとはなれて、サファイアは向《む》こうへめぐり、黄《き》いろのはこっちへ進《すす》み、またちょうどさっきのような風《ふう》になりました。銀河《ぎんが》の、かたちもなく音《おと》もない水《みず》にかこまれて、ほんとうにその黒《くろ》い(1)測候所《そっこうじょ》が、眠《ねむ》っているように、しずかによこたわったのです。

「あれは、水《みず》の速《はや》さをはかる器械《きかい》です。水《みず》も……」

鳥捕《とりと》りが言《い》いかけたとき、

「切符《きっぷ》を拝見《はいけん》いたします」

三人《さんにん》の席《せき》の横《よこ》に、赤《あか》い帽子《ぼうし》をかぶったせいの高《たか》い車掌《しゃしょう》が、いつかまっすぐに立《た》っていて言《い》いました。鳥捕《とりと》りは、だまってかくし(2)から、小《ちい》さな紙《かみ》きれを出《だ》しました。車掌《しゃしょう》はちょっと見《み》て、すぐ眼《め》をそらして、（あなた方《がた》のは？）というように、指《ゆび》を動《うご》かしながら、手《て》をジョバンニたちの方《ほう》へ出《だ》しました。

（1）気象観測《きしょうかんそく》を行《おこな》う施設《しせつ》。（2）ポケット。

「さあ」

ジョバンニは困《こま》って、もじもじしていましたら、カムパネルラは、わけもないという風《ふう》で、小《ちい》さなねずみいろの切符《きっぷ》を出《だ》しました。

ジョバンニは、すっかりあわててしまって、もしか上着《うわぎ》のポケットにでも、入《はい》っていたかと思《おも》いながら、手《て》を入《い》れて見《み》ましたら、何《なに》か大《おお》きな畳《たた》んだ紙《かみ》きれにあたりました。こんなもの入《はい》っていたろうかと思《おも》って、急《いそ》いで出《だ》してみましたら、それは四《よっ》つに折《お》ったはがきぐらいの大《おお》きさの緑《みどり》いろの紙《かみ》でした。車掌《しゃしょう》が手《て》を出《だ》しているもんですからなんでも構《かま》わない、やっちまえと思《おも》って渡《わた》しましたら、車掌《しゃしょう》はまっすぐに立《た》ち直《なお》っててていねいにそれを開《ひら》いて見《み》ていました。そして読《よ》みながら上着《うわぎ》のぼたんやなんかしきりに直《なお》したりしていましたし、灯台看守《とうだいかんしゅ》も下《した》からそれを熱心《ねっしん》にのぞいていましたから、ジョバンニはたしかにあれは証明書《しょうめいしょ》かなにかだったと考《かんが》えて、少《すこ》し胸《むね》が熱《あつ》くなるような気《き》がしました。

「これは(1)三次空間《さんじくうかん》の方《ほう》からお持《も》ちになったのですか」

車掌《しゃしょう》がたずねました。

(1) 賢治《けんじ》の造語《ぞうご》。おそらく現実世界《げんじつせかい》のこと。

「なんだかわかりません」

もう大丈夫《だいじょうぶ》だと安心《あんしん》しながら、ジョバンニはそっちを見《み》あげてくつくつ笑《わら》いました。

「よろしゅうございます。南十字《みなみじゅうじ》(1)へ着《つ》きますのは、次《つぎ》の第三時《だいさんじ》ころになります」

車掌《しゃしょう》は紙《かみ》をジョバンニに渡《わた》して向《む》こうへ行《い》きました。

カムパネルラは、その紙《かみ》きれがなんだったか待《ま》ち兼《か》ねたというように急《いそ》いでのぞきこみました。ジョバンニもまったく早《はや》く見《み》たかったのです。ところがそれはいちめん黒《くろ》い唐草《からくさ》(2)のような模様《もよう》の中《なか》に、おかしな十《じゅう》ばかりの字《じ》を印刷《いんさつ》したもので、だまって見《み》ているとなんだかその中《なか》へ吸《す》い込《こ》まれてしまうような気《き》がするのでした。すると鳥捕《とりと》りが横《よこ》からちらっとそれを見《み》てあわてたように言《い》いました。

「おや、こいつは大《たい》したもんですぜ。こいつはもう、ほんとうの天上《てんじょう》へさえ行《い》ける切符《きっぷ》だ。天上《てんじょう》どこじゃない、どこでも勝手《かって》に歩《ある》ける通行券《つうこうけん》です。こいつをお持《も》ちになれぁ、なるほど、こんな不完全《ふかんぜん》(3)な幻想第四次《げんそうだいよんじ》の銀河鉄道《ぎんがてつどう》なんか、どこまでも行《い》けるはずでさあ、あな

（1）南十字星《みなみじゅうじせい》、サザンクロス。（2）つる草《くさ》のはいまわる様子《ようす》を描《えが》いた模様《もよう》。（3）賢治《けんじ》の造語《ぞうご》。通常《つうじょう》の三次元空間《さんじげんくうかん》に、心《こころ》の中《なか》というイメージの次元《じげん》を加《くわ》えたもの。

た方大《がたたい》したもんですね」

「なんだかわかりません」

ジョバンニが赤《あか》くなって答《こた》えながら、それをまた畳《たた》んでかくしに入《い》れました。そしてきまりが悪《わる》いのでカムパネルラと二人《ふたり》、また窓《まど》の外《そと》をながめていましたが、その鳥捕《とりと》りの時々大《ときどきたい》したもんだというようにちらちらこっちを見《み》ているのがぼんやりわかりました。

「もうじきわしの停車場《ていしゃじょう》だよ」

カムパネルラが向《む》こう岸《ぎし》の、三《みっ》つならんだ小《ちい》さな青白《あおじろ》い三角標《さんかくひょう》と地図《ちず》とを見比《みくら》べて言《い》いました。

ジョバンニはなんだかわけもわからずに、にわかにとなりの鳥捕《とりと》りが気《き》の毒《どく》でたまらなくなりました。さぎをつかまえてせいせいしたとよろこんだり、白《しろ》いきれでそれをくるくる包《つつ》んだり、人《ひと》の切符《きっぷ》をびっくりしたように横目《よこめ》で見《み》てあわててほめだしたり、そんなことをいちいち考《かんが》えていると、もうその見《み》ず知《し》らずの鳥捕《とりと》りのために、ジョバンニの持《も》っているものでも食《た》べるものでもなんでもやってしまいたい、もうこの人《ひと》のほんとうの幸《さいわ》いになるなら自分《じぶん》があの光《ひか》る天《あま》の川《がわ》の河原《かわら》に立《た》って、百年続《ひゃくねんつづ》けて立《た》って鳥《とり》を捕《と》ってやってもいいというような気《き》がして、どうしてももう黙《だま》っていられなくなりました。

ほんとうにあなたのほしいものはいったい何《なん》ですか、と聞《き》こうとして、それではあんまり出《だ》し抜《ぬ》けだから、どうしようかと考《かんが》えてふりかえって見《み》ましたら、そこにはもうあの鳥《とり》捕《と》りがいませんでした。網棚《あみだな》の上《うえ》には白《しろ》い荷物《にもつ》も見《み》えなかったのです。また窓《まど》の外《そと》で足《あし》をふんばって空《そら》を見上《みあ》げてさぎを捕《と》る支度《したく》をしているのかと思《おも》って、急《いそ》いでそっちを見《み》ましたが、外《そと》はいちめんの美《うつく》しい砂子《すなご》(1)と白《しろ》いすすきの波《なみ》ばかり、あの鳥捕《とりと》りの広《ひろ》いせなかもとがった帽子《ぼうし》も見《み》えませんでした。

「あの人《ひと》どこへ行《い》ったろう」

カムパネルラもぼんやりそう言《い》っていました。

「どこへ行《い》ったろう。いったいどこでまた会《あ》うのだろう。僕《ぼく》はどうして、も少《すこ》しあの人《ひと》に物《もの》を言《い》わなかったろう」

「ああ、僕《ぼく》もそう思《おも》っているよ」

「僕《ぼく》はあの人《ひと》が邪魔《じゃま》なような気《き》がしたんだ。だから僕《ぼく》はたいへんつらい」

ジョバンニはこんな変《へん》てこな気持《きも》ちは、ほんとうにはじめてだし、こんなこと今《いま》まで言《い》

(1) 金《きん》ぱくや銀《ぎん》ぱくを細《こま》かい粉《こな》にしたもの。

ったこともないと思《おも》いました。

「なんだかりんごの匂《にお》いがする。僕《ぼく》いまりんごのこと考《かんが》えたためだろうか」

カムパネルラが不思議《ふしぎ》そうにあたりを見《み》まわしました。

「ほんとうにりんごの匂《にお》いだよ。それから（1）野《の》いばらの匂《にお》いもする」

ジョバンニもそこらを見《み》ましたが、やっぱりそれは窓《まど》からでも入《はい》って来《く》るらしいのでした。いま秋《あき》だから野《の》いばらの花《はな》の匂《にお》いのするはずはないとジョバンニは思《おも》いました。

そしたらにわかにそこに、つやつやした黒《くろ》い髪《かみ》の六《むっ》つばかりの男《おとこ》の子《こ》が、赤《あか》い（2）ジャケツのぼたんもかけずひどくびっくりしたような顔《かお》をして、がたがたふるえてはだしで立《た》っていました。隣《とな》りには黒《くろ》い洋服《ようふく》をきちんと着《き》たせいの高《たか》い青年《せいねん》が、いっぱいに風《かぜ》に吹《ふ》かれているけやきの木《き》のような姿勢《しせい》で、男《おとこ》の子《こ》の手《て》をしっかりひいて立《た》っていました。

「あら、ここどこでしょう。まあ、きれいだわ」

青年《せいねん》のうしろにもひとり、十二《じゅうに》ばかりの眼《め》の茶《ちゃ》いろな可愛《かわい》らしい女《おんな》の子《こ》が黒《くろ》い外套《がいとう》を着《き》て、青年《せいねん》の腕《うで》にすがって不思議《ふしぎ》そうに窓《まど》の外《そと》を見《み》ているのでした。

（1）バラの原種《げんしゅ》。白《しろ》く一重《ひとえ》の花《はな》を咲《さ》かせ、甘《あま》い香《かお》りがする。（2）ジャケット。

「ああ、ここはランカシャイヤだ。いや、コンネクテカット州《しゅう》だ。いや、ああ、ぼくたちは空《そら》へ来《き》たのだ。わたしたちは天《てん》へ行《い》くのです。ごらんなさい。あのしるしは天上《てんじょう》のしるしです。もうなんにもこわいことありません。わたくしたちは神《かみ》さまに召《め》されているのです」

黒服《くろふく》の青年《せいねん》はよろこびにかがやいてその女《おんな》の子《こ》に言《い》いました。けれどもなぜかまた額《ひたい》に深《ふか》くしわを刻《きざ》んで、それにたいへんつかれているらしく、無理《むり》に笑《わら》いながら男《おとこ》の子《こ》をジョバンニのとなりに座《すわ》らせました。

それから女《おんな》の子《こ》に、やさしくカムパネルラのとなりの席《せき》を指《ゆび》さしました。女《おんな》の子《こ》はすなおにそこへ座《すわ》って、きちんと両手《りょうて》を組《く》み合《あ》わせました。

「僕《ぼく》おおねえさんのとこへ行《い》くんだよう」

腰掛《こしか》けたばかりの男《おとこ》の子《こ》は、顔《かお》を変《へん》にして灯台看守《とうだいかんしゅ》の向《む》こうの席《せき》に座《すわ》ったばかりの青年《せいねん》に言《い》いました。青年《せいねん》はなんとも言《い》えずかなしそうな顔《かお》をして、じっとその子《こ》の、ちぢれてぬれた頭《あたま》を見《み》ました。女《おんな》の子《こ》は、いきなり両手《りょうて》を顔《かお》にあてて、しくしく泣《な》いてしまいました。

（1）イングランドにあるランカシャー州《しゅう》だと考《かんが》えられている。（2）アメリカのコネチカット州《しゅう》だと考《かんが》えられている。

「お父《とう》さんやきくよねえさんは、まだいろいろお仕事《しごと》があるのです。けれども、もうすぐあとからいらっしゃいます。それよりも、おっかさんはどんなに永《なが》く待《ま》っていらっしゃったでしょう。わたしの大事《だいじ》なタダシはいまどんな歌《うた》を歌《うた》っているだろう、雪《ゆき》の降《ふ》る朝《あさ》にみんなと手《て》をつないでぐるぐる、にわとこ(1)のやぶをまわってあそんでいるだろうかと考《かんが》えたり、ほんとうに待《ま》って心配《しんぱい》していらっしゃるんですから、早《はや》く行《い》っておっかさんにお目《め》にかかりましょうね」

「うん、だけど僕《ぼく》、船《ふね》に乗《の》らなけぁよかったなあ」

「ええ、けれど、ごらんなさい、そら、どうです、あの立派《りっぱ》な川《かわ》、ね、あすこはあの夏中《なつじゅう》、ツインクル、ツインクル、リトル、スター　を歌《うた》ってやすむとき、いつも窓《まど》からぼんやり白《しろ》く見《み》えていたでしょう。あすこですよ。ね、きれいでしょう、あんなに光《ひか》っています」

泣《な》いていた姉《あね》もハンケチで眼《め》をふいて外《そと》を見《み》ました。青年《せいねん》は教《おし》えるようにそっと姉弟《してい》にまた言《い》いました。

「わたしたちはもうなんにもかなしいことないのです。わたしたちはこんないいとこを旅《たび》

(1) 山野《さんや》に自生《じせい》する背《せ》の低《ひく》い木《き》。茎《くき》や葉《は》を煎《せん》じた汁《しる》が薬《くすり》として使《つか》われた。

して、じき神《かみ》さまのとこへ行《い》きます。そこならもうほんとうに明《あか》るくて匂《にお》いがよくて立派《りっぱ》な人《ひと》たちでいっぱいです。そしてわたしたちの代《か》わりにボートへ乗《の》れた人《ひと》たちは、きっとみんな助《たす》けられて、心配《しんぱい》して待《ま》っているめいめいのお父《とう》さんやお母《かあ》さんや自分《じぶん》のお家《うち》へやら行《い》くのです。さあ、もうじきですから元気《げんき》を出《だ》して面白《おもしろ》く歌《うた》って行《い》きましょう」

青年《せいねん》は男《おとこ》の子《こ》のぬれたような黒《くろ》い髪《かみ》をなで、みんなをなぐさめながら、自分《じぶん》もだんだん顔《かお》いろがかがやいて来《き》ました。

「あなた方《がた》はどちらからいらっしゃったのですか。どうなすったのですか」

さっきの灯台看守《とうだいかんしゅ》がやっと少《すこ》しわかったように青年《せいねん》にたずねました。青年《せいねん》はかすかに笑《わら》いました。

「いえ、氷山《ひょうざん》にぶっつかって船《ふね》が沈《しず》みましてね、わたしたちはこちらのお父《とう》さんが急《きゅう》な用《よう》で二《に》ケ月前《げつまえ》、一足《ひとあし》さきに本国《ほんごく》へお帰《かえ》りになったので、あとから発《た》ったのです。私《わたし》は大学《だいがく》へ入《はい》っていて、家庭教師《かていきょうし》にやとわれていたのです。ところがちょうど十二日目《じゅうににちめ》、今日《きょう》か昨日《きのう》のあたりです、船《ふね》が氷山《ひょうざん》にぶっつかって一《いっ》ぺんに傾《かたむ》きもう沈《しず》みかけました。月《つき》のあかりはどこかぼんやりありましたが、霧《きり》が非常《ひじょう》に深《ふか》かったのです。ところがボートは左舷《さげん》の方半分《ほうはんぶん》はもうだめになっていましたから、とてもみんなは乗《の》り切《き》らないのです。もうそのうちにも船《ふね》は沈《しず》みますし、私《わたし》は必死《ひっし》となって、どうか小《ちい》さな人《ひと》たちを乗《の》せて下《くだ》さいと叫《さけ》びました。近《ちか》くの人《ひと》たちはすぐ道《みち》を開《ひら》いてそして子供《こども》たちのために祈《いの》ってくれました。けれどもそこからボートまでのところにはまだまだ小《ちい》さな子供《こども》たちや親《おや》たちやなんかいて、とても押《お》しのける勇気《ゆうき》がなかったのです。それでもわたくしは、どうしてもこの方《かた》たちをお助《たす》けするのが私《わたし》の義務《ぎむ》だと思《おも》いましたから、前《まえ》にいる子供《こども》らを押《お》しのけようとしました。けれどもまた、そんなにして助《たす》けてあげるよりは、このまま神《かみ》のお前《まえ》にみんなで行《い》く方《ほう》がほんとうにこの方《かた》たちの幸福《こうふく》だとも思《おも》いました。それからまた、その神《かみ》にそむく罪《つみ》はわたくしひとりでしょってぜひとも助《たす》けてあげようと思《おも》いました。

　けれどもどうして見《み》ているとそれができないのでした。子供《こども》らばかりボートの中《なか》へはなしてやって、お母《かあ》さんが狂気《きょうき》のようにキスを送《おく》り、お父《とう》さんがかなしいのをじっとこらえてまっすぐに立《た》っているなど、とてももうはらわたもちぎれるようでした。そのうち船《ふね》はもうずんずん沈《しず》みますから、私《わたし》はもうすっかり覚悟《かくご》してこの人《ひと》たち二人《ふたり》を抱《だ》いて、浮《う》かべるだけは浮《う》かぼうとかたまって船《ふね》の沈《しず》むのを待《ま》っていました。誰《だれ》が投《な》げたかライフブイ(1)が一《ひと》つ飛《と》んで来《き》ましたけれども、滑《すべ》ってずうっと向《む》こうへ行《い》ってしまいました。私《わたし》は一生《いっしょう》け

（1）救命用《きゅうめいよう》の浮《う》き輪《わ》。

ん命《めい》で甲板《かんぱん》の格子《こうし》になったとこをはなして、三人《さんにん》それにしっかりとりつきました。どこからともなく〔※約二字分空白《やくにじぶんくうはく》〕番《ばん》の声《こえ》があがりました。たちまちみんなはいろいろな国語《こくご》で一《いっ》ぺんにそれを歌《うた》いました。そのときにわかに大《おお》きな音《おと》がして、私《わたし》たちは水《みず》に落《お》ち、もう渦《うず》に入《はい》ったと思《おも》いながらしっかりこの人《ひと》たちを抱《だ》いて、それからぼうっとしたと思《おも》ったらもうここへ来《き》ていたのです。この方《かた》たちのお母《かあ》さんは一昨年《おととし》亡《な》くなられました。ええボートはきっと助《たす》かったにちがいありません、なにせ、よほど熟練《じゅくれん》な水夫《すいふ》たちがこいですばやく船《ふね》からはなれていましたから」

そこらから小《ちい》さな祈《いの》りの声《こえ》が聞《き》こえ、ジョバンニもカムパネルラもいままで忘《わす》れていたいろいろのことをぼんやり思《おも》い出《だ》して眼《め》が熱《あつ》くなりました。

(ああ、その大《おお》きな海《うみ》はパシフィック(1)というのではなかったろうか。その氷山《ひょうざん》の流《なが》れる北《きた》のはての海《うみ》で、小《ちい》さな船《ふね》に乗《の》って、風《かぜ》や凍《こお》りつく潮水《しおみず》や、はげしい寒《さむ》さとたたかって、誰《だれ》かが一生《いっしょう》けん命《めい》はたらいている。僕《ぼく》はその人《ひと》にほんとうに気《き》の毒《どく》でそしてすまないような気《き》がする。僕《ぼく》はその人《ひと》の幸《さいわ》いのためにいったいどうしたらいいのだろう)

(1) 太平洋《たいへいよう》。

ジョバンニは首《くび》を垂《た》れて、すっかりふさぎ込《こ》んでしまいました。

「なにがしあわせかわからないです。ほんとうにどんなつらいことでも、それが正《ただ》しい道《みち》を進《すす》む中《なか》でのできごとなら、峠《とうげ》の上《のぼ》りも下《くだ》りもみんなほんとうの幸福《こうふく》に近《ちか》づく一《ひと》あしずつですから」

灯台守《とうだいもり》がなぐさめていました。

「ああそうです。ただいちばんの幸《さいわ》いに至《いた》るために、いろいろのかなしみもみんなおぼしめしです」

青年《せいねん》が祈《いの》るようにそう答《こた》えました。

そしてあの姉弟《してい》はもうつかれてめいめいぐったり席《せき》によりかかって眠《ねむ》っていました。さっきのあのはだしだった足《あし》には、いつか白《しろ》い柔《やわ》らかな靴《くつ》をはいていたのです。

ごとごとごとごと汽車《きしゃ》はきらびやかな燐光《りんこう》の川《かわ》の岸《きし》を進《すす》みました。向《む》こうの方《ほう》の窓《まど》を見《み》ると、野原《のはら》はまるで(1)幻灯《げんとう》のようでした。百《ひゃく》も千《せん》もの大小《だいしょう》さまざまの三角標《さんかくひょう》、その大《おお》きなものの上《うえ》には赤《あか》い点点《てんてん》をうった(2)測量旗《そくりょうき》も見《み》え、野原《のはら》のはてはそれらがいちめん、たくさん

（1）光《ひかり》を当《あ》てて、幕《まく》などに拡大《かくだい》した映像《えいぞう》を投影《とうえい》したもの。（2）測量《そくりょう》するときに目印《めじるし》に使《つか》われる旗《はた》。

たくさん集《あつ》まってぼおっと青白《あおじろ》い霧《きり》のよう、そこからかまたはもっと向《む》こうからか、ときどきさまざまの形《かたち》のぼんやりした(1)狼煙《のろし》のようなものが、かわるがわるきれいな桔梗《ききょう》いろの空《そら》にうちあげられるのでした。じつにそのすきとおったきれいな風《かぜ》は、ばらの匂《にお》いでいっぱいでした。

「いかがですか。こういうりんごは、おはじめてでしょう」

向《む》こうの席《せき》の灯台看守《とうだいかんしゅ》が、いつか黄金《きん》と紅《あか》で美《うつく》しくいろどられた大《おお》きなりんごを、落《お》とさないように両手《りょうて》でひざの上《うえ》にかかえていました。

「おや、どっから来《き》たのですか。立派《りっぱ》ですねえ。ここらでは、こんなりんごができるのですか」

青年《せいねん》はほんとうにびっくりしたらしく、灯台看守《とうだいかんしゅ》の両手《りょうて》にかかえられた一《ひと》もりのりんごを、眼《め》を細《ほそ》くしたり首《くび》を曲《ま》げたりしながらわれを忘《わす》れてながめていました。

「いや、まあお取《と》り下《くだ》さい。どうか、まあお取《と》り下《くだ》さい」

青年《せいねん》は一《ひと》つ取《と》ってジョバンニたちの方《ほう》をちょっと見《み》ました。

（1）合図目的《あいずもくてき》で使《つか》う火《ひ》をたいて上《あ》げる煙《けむり》のこと。

「さあ、向《む》こうの坊《ぼっ》ちゃんがた。いかがですか。お取《と》り下《くだ》さい」

ジョバンニは坊《ぼっ》ちゃんといわれたので少《すこ》ししゃくにさわってだまっていましたが、カムパネルラは、

「ありがとう」と言《い》いました。すると青年《せいねん》は自分《じぶん》でとって一《ひと》つずつ二人《ふたり》に送《おく》ってよこしましたので、ジョバンニも立《た》ってありがとうと言《い》いました。

灯台看守《とうだいかんしゅ》はやっと両腕《りょううで》があいたので、こんどは自分《じぶん》で一《ひと》つずつ眠《ねむ》っている姉弟《してい》のひざにそっと置《お》きました。

「どうもありがとう。どこでできるのですか。こんな立派《りっぱ》なりんごは」

青年《せいねん》はつくづく見《み》ながら言《い》いました。

「この辺《へん》ではもちろん農業《のうぎょう》はいたしますけれども、たいていひとりでにいいものができるような約束《やくそく》になっております。農業《のうぎょう》だってそんなに骨《ほね》は折《お》れはしません。たいてい自分《じぶん》の望《のぞ》む種子《たね》さえまけば、ひとりでにどんどんできます。米《こめ》だってパシフィック辺《あた》りのように殻《から》もないし、十倍《じゅうばい》も大《おお》きくて匂《にお》いもいいのです。けれどもあなたがたのいらっしゃる方《ほう》なら農業《のうぎょう》はもうありません。りんごだってお菓子《かし》だってかすが少《すこ》しもありませんから、みんなその人《ひと》その人《ひと》によってちがったわずかのいいかおりになって、毛《け》あなからちらけてしま

うのです」

にわかに男《おとこ》の子《こ》がぱっちり眼《め》をあいて言《い》いました。

「ああ僕《ぼく》、いまお母《かあ》さんの夢《ゆめ》を見《み》ていたよ。お母《かあ》さんがね、立派《りっぱ》な戸棚《とだな》や本《ほん》のあるとこにいてね、僕《ぼく》の方《ほう》を見《み》て手《て》をだして、にこにこにこにこ笑《わら》ったよ。僕《ぼく》、おっかさん。りんごを拾《ひろ》ってきてあげましょうか言《い》ったら眼《め》がさめちゃった。ああここ、さっきの汽車《きしゃ》の中《なか》だねえ」

「そのりんごがそこにあります。このおじさんにいただいたのですよ」

青年《せいねん》が言《い》いました。

「ありがとうおじさん。おや、かおるねえさんまだねてるねえ、僕《ぼく》おこしてやろう。ねえさん。ごらん、りんごをもらったよ。おきてごらん」

姉《あね》は笑《わら》って眼《め》をさまし、まぶしそうに両手《りょうて》を眼《め》にあててそれからりんごを見《み》ました。男《おとこ》の子《こ》はまるでパイを食《た》べるように、もうそれを食《た》べていました、またせっかくむいたそのきれいな皮《かわ》も、くるくるコルク抜《ぬ》きのような形《かたち》になって床《ゆか》へ落《お》ちるまでの間《あいだ》にはすうっと、灰《はい》いろに光《ひか》って蒸発《じょうはつ》してしまうのでした。

二人《ふたり》はりんごを大切《たいせつ》にポケットにしまいました。

川下《かわしも》の向《む》こう岸《ぎし》に青《あお》く茂《しげ》った大《おお》きな林《はやし》が見《み》え、その枝《えだ》には熟《じゅく》してまっ赤《か》に光《ひか》る円《まる》い実《み》がいっぱい、その林《はやし》のまん中《なか》に高《たか》い高《たか》い三角標《さんかくひょう》が立《た》って、森《もり》の中《なか》からはオーケストラベル(1)やジロフォン(2)にまじってなんとも言《い》えずきれいな音《ね》いろが、とけるように浸《し》みるように風《かぜ》につれて流《なが》れて来《く》るのでした。

青年《せいねん》はぞくっとしてからだをふるうようにしました。

だまってその譜《ふ》(3)を聞《き》いていると、そこらにいちめん黄《き》いろやうすい緑《みどり》の明《あか》るい野原《のはら》か敷《しき》物《もの》かがひろがり、またまっ白《しろ》なろうのような露《つゆ》が太陽《たいよう》の面《めん》をかすめて行《い》くように思《おも》われました。

「まあ、あのからす」

カムパネルラのとなりのかおると呼《よ》ばれた女《おんな》の子《こ》が叫《さけ》びました。

「からすでない。みんなかささぎ(4)だ」

カムパネルラがまた何気《なにげ》なく叱《しか》るように叫《さけ》びましたので、ジョバンニはまた思《おも》わず笑《わら》い、

(1) 鉄琴《てっきん》の一種《いっしゅ》。(2) シロフォン。木琴《もっきん》の一種《いっしゅ》。(3) 楽譜《がくふ》。(4) 全体的《ぜんたいてき》に黒《くろ》っぽい鳥《とり》。カラスよりひと回《まわ》り小《ちい》さい。七夕伝説《たなばたでんせつ》で天《あま》の川《がわ》を渡《わた》るための架《か》け橋《はし》の代《か》わりになった鳥《とり》。

女《おんな》の子《こ》はきまり悪《わる》そうにしました。まったく河原《かわら》の青白《あおじろ》いあかりの上《うえ》に、黒《くろ》い鳥《とり》がたくさんたくさんいっぱいに列《れつ》になってとまって、じっと川《かわ》の微光《びこう》を受《う》けているのでした。

「かささぎですねえ、頭《あたま》のうしろのとこに毛《け》がぴんと伸《の》びてますから」

青年《せいねん》はとりなすように言《い》いました。

向《む》こうの青《あお》い森《もり》の中《なか》の三角標《さんかくひょう》はすっかり汽車《きしゃ》の正面《しょうめん》に来《き》ました。そのとき汽車《きしゃ》のずうっとうしろの方《ほう》から、あの聞《き》きなれた〔※約《やく》二《に》字《じ》分《ぶん》空白《くうはく》〕番《ばん》の讃美歌《さんびか》のふしが聞《き》こえてきました。よほどの人数《にんずう》で合唱《がっしょう》しているらしいのでした。青年《せいねん》はさっと顔《かお》いろが青《あお》ざめ、立《た》って一《いっ》ぺんそっちへ行《い》きそうにしましたが、思《おも》いかえしてまた座《すわ》りました。かおる子《こ》はハンケチを顔《かお》にあてでしまいました。ジョバンニまでなんだか鼻《はな》が変《へん》になりました。けれども、いつともなく誰《だれ》ともなくその歌《うた》は歌《うた》い出《だ》され、だんだんはっきり強《つよ》くなりました。思《おも》わずジョバンニもカムパネルラも一緒《いっしょ》に歌《うた》い出《だ》したのです。

そして青《あお》い(1)かんらんの森《もり》が、見《み》えない天《あま》の川《がわ》の向《む》こうにさめざめと光《ひか》りながら、だんだんうしろの方《ほう》へ行《い》ってしまい、そこから流《なが》れて来《く》るあやしい楽器《がっき》の音《おと》も、もう汽車《きしゃ》のひび

(1) オリーブ。

きや風《かぜ》の音《おと》にすりへらされてずうっとかすかになりました。

「あ、くじゃくがいるよ」

「ええたくさんいたわ」

女《おんな》の子《こ》がこたえました。

ジョバンニは、その小《ちい》さく小《ちい》さくなっていまはもう一《ひと》つの緑《みどり》いろの(1)貝《かい》ぼたんのように見《み》える森《もり》の上《うえ》に、さっさっと青白《あおじろ》く時々《ときどき》光《ひか》って、そのくじゃくがはねをひろげたりとじたりする光《ひかり》の反射《はんしゃ》を見《み》ました。

「そうだ、くじゃくの声《こえ》だってさっき聞《き》こえた」

カムパネルラがかおる子《こ》に言《い》いました。

「ええ、三十匹《さんじゅっぴき》ぐらいはたしかにいたわ。ハープのように聞《き》こえたのはみんなくじゃくよ」

女《おんな》の子《こ》が答《こた》えました。ジョバンニはにわかになんとも言《い》えずかなしい気《き》がして思《おも》わず、

「カムパネルラ、ここからはねおりて遊《あそ》んで行《い》こうよ」とこわい顔《かお》をして言《い》おうとしたく

(1) 貝殻《かいがら》で作《つく》られたボタン。

らいでした。

川《かわ》は二《ふた》つにわかれました。そのまっくらな島《しま》のまん中《なか》に高《たか》い高《たか》いやぐらが一《ひと》つ組《く》まれて、その上《うえ》に一人《ひとり》のゆるい服《ふく》を着《き》て赤《あか》い帽子《ぼうし》をかぶった男《おとこ》が立《た》っていました。そして両手《りょうて》に赤《あか》と青《あお》の旗《はた》をもって空《そら》を見上《みあ》げて信号《しんごう》しているのでした。ジョバンニが見《み》ている間《あいだ》、その人《ひと》はしきりに赤《あか》い旗《はた》を振《ふ》っていましたが、にわかに赤旗《あかはた》をおろしてうしろにかくすようにし、青《あお》い旗《はた》を高《たか》く高《たか》くあげてまるでオーケストラの指揮者《しきしゃ》のようにはげしく振《ふ》りました。すると空中《くうちゅう》にざあっと雨《あめ》のような音《おと》がして、なにかまっくらなものがいくかたまりもいくかたまりも鉄砲丸《てっぽうだま》のように川《かわ》の向《む》こうの方《ほう》へ飛《と》んで行《い》くのでした。

ジョバンニは思《おも》わず窓《まど》からからだを半分出《はんぶんだ》してそっちを見《み》あげました。美《うつく》しい美《うつく》しい桔《き》梗《きょう》いろのがらんとした空《そら》の下《した》を、じつに何万《なんまん》という小《ちい》さな鳥《とり》どもが、幾組《いくくみ》も幾組《いくくみ》もめいめいせわしくせわしく鳴《な》いて通《とお》って行《い》くのでした。

「鳥《とり》が飛《と》んで行《い》くな」

ジョバンニが窓《まど》の外《そと》で言《い》いました。

「どら」

カムパネルラも空《そら》を見《み》ました。そのときあのやぐらの上《うえ》のゆるい服《ふく》の男《おとこ》は、にわかに赤《あか》い旗《はた》をあげて狂気《きょうき》のように振《ふ》り動《うご》かしました。するとぴたっと鳥《とり》の群《むれ》は通《とお》らなくなり、それと同時《どうじ》にぴしゃぁんという潰《つぶ》れたような音《おと》が川下《かわしも》の方《ほう》で起《お》こって、それからしばらくしいんとしました。と思《おも》ったら、あの赤帽《あかぼう》の信号手《しんごうしゅ》（1）がまた青《あお》い旗《はた》を振《ふ》って叫《さけ》んでいたのです。

「いまこそわたれわたり鳥《どり》、いまこそわたれわたり鳥《どり》」

その声《こえ》もはっきり聞《き》こえました。それと一緒《いっしょ》にまた幾万《いくまん》という鳥《とり》の群《むれ》が空《そら》をまっすぐにかけたのです。二人《ふたり》の顔《かお》を出《だ》しているまん中《なか》の窓《まど》からあの女《おんな》の子《こ》が顔《かお》を出《だ》して、美《うつく》しい頬《ほほ》をかがやかせながら空《そら》を仰《あお》ぎました。

「まあ、この鳥《とり》、たくさんですわねえ、あらまあ空《そら》のきれいなこと」

女《おんな》の子《こ》はジョバンニに話《はな》しかけましたけれどもジョバンニは生意気《なまいき》な、いやだいと思《おも》いながら黙《だま》って口《くち》をむすんで空《そら》を見《み》あげていました。女《おんな》の子《こ》は小《ちい》さくほっと息《いき》をして黙《だま》って席《せき》へ戻《もど》りました。カムパネルラが気《き》の毒《どく》そうに窓《まど》から顔《かお》を引《ひ》っ込《こ》めて地図《ちず》を見《み》ていました。

「あの人鳥《ひととり》へ教《おし》えてるんでしょうか」

女《おんな》の子《こ》がそっとカムパネルラにたずねました。

（1）道路《どうろ》などで交通整理《こうつうせいり》のために指示《しじ》を出《だ》す人《ひと》。

「渡《わた》り鳥《どり》へ信号《しんごう》してるんです。きっとどこからか狼煙《のろし》が上《あ》がるためでしょう」

カムパネルラが少《すこ》しおぼつかなそうに答《こた》えました。そして車《くるま》の中《なか》はしぃんとなりました。ジョバンニはもう頭《あたま》を引《ひ》っ込《こ》めたかったのですけれども、明《あか》るいとこへ顔《かお》を出《だ》すのがつらかったので、だまってこらえてそのまま立《た》って口笛《くちぶえ》を吹《ふ》いていました。

(どうして僕《ぼく》はこんなにかなしいのだろう。僕《ぼく》はもっとこころもちをきれいに大《おお》きくもたなければいけない。あすこの岸《きし》のずうっと向《む》こうに、まるでけむりのような小《ちい》さな青《あお》い火《ひ》が見《み》える。あれはほんとうにしずかで冷《つめ》たい。僕《ぼく》はあれをよく見《み》てこころもちをしずめるんだ)

ジョバンニはほてって痛《いた》いあたまを両手《りょうて》で押《おさ》えるようにして、そっちの方《ほう》を見《み》ました。

(ああほんとうに、どこまでもどこまでも僕《ぼく》と一緒《いっしょ》に行《い》く人《ひと》はないだろうか。カムパネルラだって、あんな女《おんな》の子《こ》と面白《おもしろ》そうに話《はな》しているし、僕《ぼく》はほんとうにつらいなあ)

ジョバンニの眼《め》はまた涙《なみだ》でいっぱいになり、天《あま》の川《がわ》もまるで遠《とお》くへ行《い》ったようにぼんやり白《しろ》く見《み》えるだけでした。

そのとき汽車《きしゃ》はだんだん川《かわ》からはなれて崖《がけ》の上《うえ》を通《とお》るようになりました。向《む》こう岸《ぎし》もまた、黒《くろ》いいろの崖《がけ》が川《かわ》の岸《きし》を下流《かりゅう》に下《くだ》るにしたがって、だんだん高《たか》くなって行《い》くのでした。

そしてちらっと大《おお》きなとうもろこしの木《き》を見《み》ました。その葉《は》はぐるぐるにちぢれ、葉《は》の下《した》にはもう美《うつく》しい緑《みどり》いろの大《おお》きな(1)苞《ほう》が赤《あか》い毛《け》を吐《は》いて、真珠《しんじゅ》のような実《み》もちらっと見《み》えたのでした。それはだんだん数《かず》を増《ま》して来《き》て、もういまは列《れつ》のように崖《がけ》と線路《せんろ》との間《あいだ》にならび、思《おも》わずジョバンニが窓《まど》から顔《かお》を引《ひ》っ込《こ》めて向《む》こう側《がわ》の窓《まど》を見《み》ましたときは、美《うつく》しい空《そら》の野《の》原《はら》の地平線《ちへいせん》のはてまで、その大《おお》きなとうもろこしの木《き》がほとんどいちめんに植《う》えられてさやさや風《かぜ》にゆらぎ、その立派《りっぱ》なちぢれた葉《は》のさきからは、まるで昼《ひる》の間《あいだ》にいっぱい日光《にっこう》を吸《す》った金剛石《こんごうせき》のように露《つゆ》がいっぱいについて、赤《あか》や緑《みどり》やきらきら燃《も》えて光《ひか》っているのでした。

カムパネルラが「あれとうもろこしだねえ」とジョバンニに言《い》いましたけれども、ジョバンニはどうしても気持《きも》ちがなおりませんでしたから、ただぶっきらぼうに野原《のはら》を見《み》たまま「そうだろう」と答《こた》えました。そのとき汽車《きしゃ》はだんだんしずかになっていくつかのシグナルと転《てん》てつ器《き》の灯《あかり》を過《す》ぎ、小《ちい》さな停車場《ていしゃじょう》にとまりました。

その正面《しょうめん》の青白《あおじろ》い時計《とけい》はかっきり第二時《だいにじ》を示《しめ》し、その振《ふ》り子《こ》は、風《かぜ》もなくなり汽車《きしゃ》も動《うご》

(1) つぼみを包《つつ》んでいる葉《は》のこと。

かずしずかなしずかな野原《のはら》の中《なか》に、カチッカチッと正《ただ》しく時《とき》を刻《きざ》んで行《い》くのでした。

そしてまったくその振《ふ》り子《こ》の音《おと》のたえまを遠《とお》くの遠《とお》くの野原《のはら》のはてから、かすかなかすかな旋律《せんりつ》が糸《いと》のように流《なが》れて来《く》るのでした。

「(1)新世界《しんせかい》交響楽《こうきょうがく》だわ」

姉《あね》がひとりごとのようにこっちを見《み》ながらそっと言《い》いました。まったくもう車《くるま》の中《なか》では、あの黒服《くろふく》(2)の丈高《たけだか》い青年《せいねん》も誰《だれ》もみんなやさしい夢《ゆめ》を見《み》ているのでした。

（こんなしずかないいとこで、僕《ぼく》はどうしてもっとゆかいになれないだろう。どうしてこんなにひとりさびしいのだろう。けれどもカムパネルラなんかあんまりひどい、僕《ぼく》と一緒《いっしょ》に汽車《きしゃ》に乗《の》っていながら、まるであんな女《おんな》の子《こ》とばかり話《はな》しているんだもの。僕《ぼく》はほんとうにつらい）

ジョバンニはまた両手《りょうて》で顔《かお》を半分《はんぶん》かくすようにして、向《む》こうの窓《まど》の外《そと》を見《み》つめていました。すきとおった硝子《ガラス》のような笛《ふえ》が鳴《な》って汽車《きしゃ》はしずかに動《うご》き出《だ》し、カムパネルラもさびしそうに星《ほし》めぐりの口笛《くちぶえ》を吹《ふ》きました。

（1）オーストリアの作曲家《さっきょくか》、アントニン・ドヴォルザーク作曲《さっきょく》の交響曲《こうきょうきょく》第九番《だいきゅうばん》のこと。（2）背《せ》が高《たか》い。

「ええ、ええ、もうこの辺《へん》はひどい高原《こうげん》ですから」

うしろの方《ほう》で、誰《だれ》かとしよりらしい人《ひと》の、いま眼《め》がさめたという風《ふう》ではきはき話《はな》している声《こえ》がしました。

「とうもろこしだって棒《ぼう》で(1)二尺《にしゃく》も穴《あな》をあけておいて、そこへまかないと生《は》えないんです」

「そうですか。川《かわ》まではよほどありましょうかねえ」

「ええ、ええ。河《かわ》までは二千尺《にせんしゃく》から六千尺《ろくせんしゃく》あります。もうまるでひどい(2)峡谷《きょうこく》になっているんです」

そうそうここは(3)コロラドの高原《こうげん》じゃなかったろうか、ジョバンニは思《おも》わずそう思《おも》いました。カムパネルラはまださびしそうにひとり口笛《くちぶえ》を吹《ふ》き、女《おんな》の子《こ》はまるで絹《きぬ》で包《つつ》んだりんごのような顔《かお》いろをしてジョバンニの見《み》る方《ほう》を見《み》ているのでした。

突然《とつぜん》とうもろこしがなくなって大《おお》きな黒《くろ》い野原《のはら》がいっぱいにひらけました。新世界交響楽《しんせかいこうきょうがく》はいよいよはっきり地平線《ちへいせん》のはてから湧《わ》き、そのまっ黒《くろ》な野原《のはら》のなかを、一人《ひとり》のイ

(1) 長《なが》さの単位《たんい》。1尺《しゃく》は約《やく》30センチ。(2) 断面《だんめん》がV字形《じけい》を成《な》す深《ふか》い谷《たに》のこと。(3) アメリカ合衆国西部《がっしゅうこくせいぶ》にあるコロラド州《しゅう》。

ンデアンが白《しろ》い鳥《とり》の羽根《はね》を頭《あたま》につけ、たくさんの石《いし》を腕《うで》と胸《むね》にかざり、小《ちい》さな弓《ゆみ》に矢《や》をつがえて一目散《いちもくさん》に汽車《きしゃ》を追《お》って来《く》るのでした。(1)

「あら、インデアンですよ。インデアンですよ。ごらんなさい」

黒服《くろふく》の青年《せいねん》も眼《め》をさましました。ジョバンニもカムパネルラも立《た》ちあがりました。

「走《はし》って来《く》るわ、あら、走《はし》って来《く》るわ。追《お》いかけているんでしょう」

「いいえ、汽車《きしゃ》を追《お》ってるんじゃないんですよ。猟《りょう》をするか踊《おど》るかしてるんですよ」

青年《せいねん》はいまどこにいるか忘《わす》れたという風《ふう》に、ポケットに手《て》を入《い》れて立《た》ちながら言《い》いました。

まったくインデアンは半分《はんぶん》は踊《おど》っているようでした。第一《だいいち》かけるにしても足《あし》のふみようが、もっと経済《けいざい》もとれ本気《ほんき》にもなれそうでした。にわかにくっきり白《しろ》いその羽根《はね》は前《まえ》の方《ほう》へ倒《たお》れるようになり、インデアンはぴたっと立《た》ちどまってすばやく弓《ゆみ》を空《そら》にひきました。そこから一羽《いちわ》の鶴《つる》がふらふらと落《お》ちて来《き》て、また走《はし》り出《だ》したインデアンの大《おお》きくひろげた両手《りょうて》に落《お》ちこみました。インデアンはうれしそうに立《た》って笑《わら》いました。そしてその鶴《つる》を

(1) 矢《や》を弓《ゆみ》の弦《げん》にかけること。

持《も》ってこっちを見《み》ている影《かげ》ももうどんどん小《ちい》さく遠《とお》くなり、電《でん》しんばしらの碍子《がいし》(1)がきらっきらっと続《つづ》いて二《ふた》つばかり光《ひか》って、またとうもろこしの林《はやし》になってしまいました。

こっち側《がわ》の窓《まど》を見《み》ますと汽車《きしゃ》はほんとうに高《たか》い高《たか》い崖《がけ》の上《うえ》を走《はし》っていて、その谷《たに》の底《そこ》には川《かわ》がやっぱり幅広《はばひろ》く明《あか》るく流《なが》れていたのです。

「ええ、もうこの辺《へん》から下《くだ》りです。なにせこんどは一《いっ》ぺんにあの水面《すいめん》までおりて行《い》くんですから容易《ようい》じゃありません。この傾斜《けいしゃ》があるもんですから汽車《きしゃ》は決《けっ》して向《む》こうからこっちへは来《こ》ないんです。そら、もうだんだん早《はや》くなったでしょう」

さっきの老人《ろうじん》らしい声《こえ》が言《い》いました。

どんどんどんどん汽車《きしゃ》は降《お》りて行《い》きました。崖《がけ》のはじに鉄道《てつどう》がかかるときは川《かわ》が明《あか》るく下《した》にのぞけたのです。ジョバンニはだんだんこころもちが明《あか》るくなって来《き》ました。汽車《きしゃ》が小《ちい》さな小屋《こや》の前《まえ》を通《とお》って、その前《まえ》にしょんぼりひとりの子供《こども》が立《た》ってこっちを見《み》ているときなどは、思《おも》わずほうと叫《さけ》びました。

どんどんどんどん汽車《きしゃ》は走《はし》って行《い》きました。部屋中《へやじゅう》の人《ひと》たちは、半分《はんぶん》うしろの方《ほう》へ倒《たお》れ

(1) 電線《でんせん》とそれを支《ささ》える物《もの》との間《あいだ》を絶縁《ぜつえん》するために用《もち》いる器具《きぐ》。

るようになりながら腰掛《こしかけ》にしっかりしがみついていました。ジョバンニは思《おも》わずカムパネルラと笑《わら》いました。もうそして天《あま》の川《がわ》は汽車《きしゃ》のすぐ横手《よこて》をいままでよほどはげしく流《なが》れて来《き》たらしく、ときどきちらちら光《ひか》って流《なが》れているのでした。うすあかい⑴河原《かわら》なでしこの花《はな》があちこち咲《さ》いていました。汽車《きしゃ》はようやく落《お》ち着《つ》いたようにゆっくりと走《はし》っていました。

向《む》こうとこっちの岸《きし》に星《ほし》の形《かたち》とつるはしを書《か》いた旗《はた》が立《た》っていました。

「あれ、なんの旗《はた》だろうね」

ジョバンニがやっとものを言《い》いました。

「さあ、わからないねえ、地図《ちず》にもないんだもの。鉄《てつ》の舟《ふね》がおいてあるねえ」

「ああ」

「橋《はし》を架《か》けるとこじゃないんでしょうか」

女《おんな》の子《こ》が言《い》いました。

「ああ、あれ⑵工兵《こうへい》の旗《はた》だねえ。⑶架橋演習《かきょうえんしゅう》をしてるんだ。けれど兵隊《へいたい》の形《かたち》が見《み》えないねえ」

（1）草原《そうげん》や川原《かわら》に生育《せいいく》する植物《しょくぶつ》。淡《あわ》い紅色《べにいろ》や白《しろ》い花《はな》を咲《さ》かせる。（2）工具《こうぐ》を使《つか》って基地《きち》や道路《どうろ》を作《つく》ったりする兵隊《へいたい》の部隊《ぶたい》。（3）橋《はし》を架《か》けること。

その時《とき》向《む》こう岸《ぎし》ちかくの少《すこ》し下流《かりゅう》の方《ほう》で、見《み》えない天《あま》の川《がわ》の水《みず》がぎらっと光《ひか》って柱《はしら》のように高《たか》くはねあがり、どぉとはげしい音《おと》がしました。

「発破《はっぱ》だよ、発破《はっぱ》だよ」(1)

カムパネルラはこおどりしました。

その柱《はしら》のようになった水《みず》は見《み》えなくなり、大《おお》きな鮭《さけ》やますがきらっきらっと白《しろ》く腹《はら》を光《ひか》らせて空中《くうちゅう》に放《ほう》り出《だ》されて、円《まる》い輪《わ》を描《えが》いてまた水《みず》に落《お》ちました。ジョバンニはもうはねあがりたいくらい気持《きも》ちが軽《かる》くなって言《い》いました。

「空《そら》の工兵大隊《こうへいだいたい》だ。どうだ、ますやなんかが、まるでこんなになってはねあげられたねえ。僕《ぼく》こんなゆかいな旅《たび》はしたことない。いいねえ」

「あのますなら近《ちか》くで見《み》たらこれくらいあるねえ、たくさん魚《さかな》いるんだな、この水《みず》の中《なか》に」

「小《ちい》さなお魚《さかな》もいるんでしょうか」

女《おんな》の子《こ》が話《はなし》につり込《こ》まれて言《い》いました。

(1) 岩石《がんせき》に穴《あな》を開《あ》け、火薬《かやく》を仕掛《しか》けて爆破《ばくは》すること。

「いるんでしょう。大《おお》きなのがいるんだから小《ちい》さいのもいるんでしょう。けれど遠《とお》くだからいま小《ちい》さいの見《み》えなかったねえ」

ジョバンニはもうすっかり機嫌《きげん》が直《なお》って、面白《おもしろ》そうに笑《わら》って女《おんな》の子《こ》に答《こた》えました。

「あれ、きっと双子《ふたご》のお星《ほし》さまのお宮《みや》だよ」

男《おとこ》の子《こ》がいきなり窓《まど》の外《そと》をさして叫《さけ》びました。

右手《みぎて》の低《ひく》い丘《おか》の上《うえ》に、小《ちい》さな水晶《すいしょう》ででもこさえたような二《ふた》つのお宮《みや》がならんで立《た》っていました。

「双子《ふたご》のお星《ほし》さまのお宮《みや》ってなんだい」

「あたし前《まえ》になんべんもお母《かあ》さんから聴《き》いたわ。ちゃんと小《ちい》さな水晶《すいしょう》のお宮《みや》で二《ふた》つならんでいるからきっとそうだわ」

「話《はな》してごらん。双子《ふたご》のお星《ほし》さまがなにしたっての」

「僕《ぼく》も知《し》ってらい。双子《ふたご》のお星《ほし》さまが野原《のはら》へ遊《あそ》びにでて、からすと喧嘩《けんか》したんだろう」

「そうじゃないわよ。あのね、天《あま》の川《がわ》の岸《きし》にね、おっかさんお話《はな》しなすったわ…」

「それから彗星《ほうきぼし》がギーギーフーギーギーフーて言《い》って来《き》たねえ」

「いやだわ、たあちゃんそうじゃないわよ。それは別《べつ》の方《ほう》だわ」

「するとあすこにいま笛《ふえ》を吹《ふ》いているんだろうか」

「いま海《うみ》へ行《い》ってらあ」

「いけないわよ。もう海《うみ》からあがっていらっしゃったのよ」

「そうそう。僕《ぼく》知《し》ってらあ、僕《ぼく》お話《はな》ししよう」

川《かわ》の向《む》こう岸《ぎし》がにわかに赤《あか》くなりました。やなぎの木《き》やなにかもまっ黒《くろ》にすかし出《だ》され、見《み》えない天《あま》の川《がわ》の波《なみ》もときどきちらちら針《はり》のように赤《あか》く光《ひか》りました。まったく向《む》こう岸《ぎし》の野《の》原《はら》に大《おお》きなまっ赤《か》な火《ひ》が燃《も》やされ、その黒《くろ》いけむりは高《たか》く桔《き》梗《きょう》いろの冷《つめ》たそうな天《てん》をも焦《こ》がしそうでした。ルビーよりも赤《あか》くすきとおり、(1)リチウムよりも美《うつく》しく酔《よ》ったようになってその火《ひ》は燃《も》えているのでした。

「あれはなんの火《ひ》だろう。あんな赤《あか》く光《ひか》る火《ひ》はなにを燃《も》やせばできるんだろう」

ジョバンニが言《い》いました。

「さそりの火《ひ》だな」

カムパネルラがまた地《ち》図《ず》と(2)首《くび》っ引《ぴ》きして答《こた》えました。

（1）金《きん》属《ぞく》の一種《いっしゅ》。火《ひ》にかざすと深《しん》紅《く》色《いろ》の炎《えん》色《しょく》をあらわす。（2）手《て》元《もと》のものを放《はな》さず確《かく》認《にん》しながら行《こう》動《どう》すること。

「あら、さそりの火《ひ》のことならあたし知《し》ってるわ」

「さそりの火《ひ》ってなんだい」

ジョバンニがききました。

「さそりがやけて死《し》んだのよ。その火《ひ》がいまでも燃《も》えてるってあたしなんべんもお父《とう》さんから聴《き》いたわ」

「さそりって、虫《むし》だろう」

「ええ、さそりは虫《むし》よ。だけどいい虫《むし》だわ」

「さそりいい虫《むし》じゃないよ。僕《ぼく》博《はく》物《ぶつ》館《かん》でアルコールにつけてあるの見《み》た。尾《お》にこんなかぎがあって、それで刺《さ》されると死《し》ぬって先生《せんせい》が言《い》ったよ」

「そうよ。だけどいい虫《むし》だわ、お父《とう》さんこう言《い》ったのよ。むかしのバルドラの野《の》原《はら》に一匹《いっぴき》のさそりがいて、小《ちい》さな虫《むし》やなんか殺《ころ》して食《た》べて生《い》きていたんですって。するとある日《ひ》、いたちに見《み》つかって食《た》べられそうになったんですって。さそりは一生《いっしょう》けん命《めい》逃《に》げて逃《に》げたけど、とうとういたちに押《お》さえられそうになったわ、そのときいきなり前《まえ》に井戸《いど》があってその中《なか》に落《お》ちてしまったわ、もうどうしてもあがられないでさそりは溺《おぼ》れはじめたのよ。そのときさそりはこう言《い》ってお祈《いの》りしたというの、ああ、わたしはいままでいくつのものの命《いのち》をとったかわからない、そしてその私《わたし》がこんど、いたちにとられようとしたときはあんなに一生《いっしょう》けん命《めい》にげた。それでもとうとうこんなになってしまった。ああなんにもあてにならない。どうしてわたしは、わたしのからだをだまっていたちにくれてやらなかったろう。そしたらいたちも一日《いちにち》生《い》きのびたろうに。どうか神《かみ》さま。私《わたし》の心《こころ》をごらん下《くだ》さい。こんなにむなしく命《いのち》をすてず、どうかこの次《つぎ》にはまことのみんなの幸《さいわ》いのために私《わたし》のからだをお使《つか》い下《くだ》さい。って言《い》ったというの。そしたらいつかさそりは自分《じぶん》のからだがまっ赤《か》な美《うつく》しい火《ひ》になって燃《も》えて、よるのやみを照《て》らしているのを見《み》たって。いまでも燃《も》えてるってお父《とう》さんおっしゃったわ。ほんとうにあの火《ひ》、それだわ」

「そうだ。見《み》たまえ。そこらの三角標《さんかくひょう》はちょうどさそりの形《かたち》にならんでいるよ」

ジョバンニは、まったくその大《おお》きな火《ひ》の向《む》こうに三《みっ》つの三角標《さんかくひょう》がちょうどさそりの腕《うで》のように、こっちに五《いつ》つの三角標《さんかくひょう》がさそりの尾《お》やかぎのようにならんでいるのを見《み》ました。そしてほんとうにそのまっ赤《か》な美《うつく》しいさそりの火《ひ》は音《おと》なくあかるくあかるく燃《も》えたのです。

その火《ひ》がだんだんうしろの方《ほう》になるにつれて、みんなはなんとも言《い》えずにぎやかなさまざまの楽《がく》の音《おと》や、草花《くさばな》の匂《にお》いのようなもの、口笛《くちぶえ》や人々《ひとびと》のざわざわ言《い》う声《こえ》やらを聞《き》きました。それはもうじきちかくに町《まち》かなにかがあって、そこにお祭《まつ》りでもあるというような気《き》がするのでした。

「ケンタウル、露《つゆ》をふらせ」

いきなりいままで眠《ねむ》っていたジョバンニのとなりの男《おとこ》の子《こ》が向《む》こうの窓《まど》を見《み》ながら叫《さけ》んでいました。

ああそこにはクリスマストリイのようにまっ青《さお》な唐《とう》(1)ひかもみの木《き》が立《た》って、その中《なか》にはたくさんのたくさんの豆電灯《まめでんとう》がまるで千《せん》のほたるでも集《あつ》まったようについていていました。

「ああ、そうだ、今夜《こんや》ケンタウル祭《さい》だねえ」

「ああ、ここはケンタウルの村《むら》だよ」

カムパネルラがすぐ言《い》いました。〔※以下《いか》原稿《げんこう》一枚《いちまい》ほどなし〕

「ボール投《な》げなら僕《ぼく》、決《けっ》してはずさない」

男《おとこ》の子《こ》が大《おお》いばりで言《い》いました。

(1) エゾマツの変種《へんしゅ》の針葉樹《しんようじゅ》。

「もうじきサウザンクロスです。おりる支度《したく》をして下《くだ》さい」

青年《せいねん》がみんなに言《い》いました。

「僕《ぼく》、も少《すこ》し汽車《きしゃ》へ乗《の》ってるんだよ」

男《おとこ》の子《こ》が言《い》いました。カムパネルラのとなりの女《おんな》の子《こ》はそわそわ立《た》って支度《したく》をはじめましたけれども、やっぱりジョバンニたちと別《わか》れたくないようなようすでした。

「ここでおりなけぁいけないのです」

青年《せいねん》はきちっと口《くち》を結《むす》んで男《おとこ》の子《こ》を見《み》おろしながら言《い》いました。

「いやだい。僕《ぼく》もう少《すこ》し汽車《きしゃ》へ乗《の》ってから行《い》くんだい」

ジョバンニがこらえ兼《か》ねて言《い》いました。

「僕《ぼく》たちと一緒《いっしょ》に乗《の》って行《い》こう。僕《ぼく》たち、どこまでだって行《い》ける切符《きっぷ》持《も》ってるんだ」

「だけどあたしたち、もうここで降《お》りなけぁいけないのよ。ここ、天上《てんじょう》へ行《い》くとこなんだから」

女《おんな》の子《こ》がさびしそうに言《い》いました。

「天上《てんじょう》へなんか行《い》かなくたっていいじゃないか。僕《ぼく》たちここで天上《てんじょう》よりももっといいとこをこさえなけぁいけないって僕《ぼく》の先生《せんせい》が言《い》ったよ」

「だっておっかさんも行《い》ってらっしゃるし、それに神《かみ》さまがおっしゃるんだわ」

「そんな神《かみ》さま、うその神《かみ》さまだい」

「あなたの神《かみ》さま、うその神《かみ》さまよ」

「そうじゃないよ」

「あなたの神《かみ》さまってどんな神《かみ》さまですか」

青年《せいねん》は笑《わら》いながら言《い》いました。

「僕《ぼく》ほんとうはよく知《し》りません、けれどもそんなんでなしに、ほんとうのたった一人《ひとり》の神《かみ》さまです」

「ほんとうの神《かみ》さまはもちろんたった一人《ひとり》です」

「ああ、そんなんでなしに、たったひとりのほんとうのほんとうの神《かみ》さまです」

「だからそうじゃありませんか。わたくしはあなた方《がた》が、いまにそのほんとうの神《かみ》さまの前《まえ》にわたくしたちとお会《あ》いになることを祈《いの》ります」

青年《せいねん》はつつましく両手《りょうて》を組《く》みました。女《おんな》の子《こ》もちょうどその通《とお》りにしました。みんなほんとうに別《わか》れが惜《お》しそうで、その顔《かお》いろも少《すこ》し青《あお》ざめて見《み》えました。ジョバンニはあぶなく声《こえ》をあげて泣《な》き出《だ》そうとしました。

「さあもう支度《したく》はいいんですか。じきサウザンクロスですから」

ああそのときでした。見《み》えない天《あま》の川《がわ》のずうっと川下《かわしも》に、青《あお》や橙《だいだい》やもうあらゆる光《ひかり》でちりばめられた十字架《じゅうじか》がまるで一本《いっぽん》の木《き》という風《ふう》に川《かわ》の中《なか》から立《た》ってかがやき、その上《うえ》には青白《あおじろ》い雲《くも》がまるい環《わ》になって後光《ごこう》のようにかかっているのでした。

汽車《きしゃ》の中《なか》がまるでざわざわしました。みんなあの北《きた》の十字《じゅうじ》のときのようにまっすぐに立《た》ってお祈《いの》りをはじめました。あっちにもこっちにも、子供《こども》が瓜《うり》に飛《と》びついたときのようなよろこびの声《こえ》や、なんとも言《い》いようない深《ふか》いつつましいためいきの音《おと》ばかり聞《き》こえました。そしてだんだん十字架《じゅうじか》は窓《まど》の正面《しょうめん》になり、あのりんごの肉《にく》のような青白《あおじろ》い環《わ》の雲《くも》もゆるやかにゆるやかにめぐっているのが見《み》えました。

「ハルレヤハルレヤ」

明《あか》るくたのしくみんなの声《こえ》はひびき、みんなはその空《そら》の遠《とお》くから、冷《つめ》たい空《そら》の遠《とお》くから、すきとおったなんとも言《い》えずさわやかなラッパの声《こえ》を聞《き》きました。そしてたくさんのシグナルや電灯《でんとう》の灯《あかり》のなかを汽車《きしゃ》はだんだんゆるやかになり、とうとう十字架《じゅうじか》のちょうどま向《む》かいに行《い》ってすっかりとまりました。

「さあ、下《お》りるんですよ」

青年《せいねん》は男《おとこ》の子《こ》の手《て》をひき、だんだん向《む》こうの出口《でぐち》の方《ほう》へ歩《ある》き出《だ》しました。

「じゃさよなら」

女《おんな》の子《こ》がふりかえって二人《ふたり》に言《い》いました。

「さよなら」

ジョバンニはまるで泣《な》き出《だ》したいのをこらえて、怒《おこ》ったようにぶっきらぼうに言《い》いました。女《おんな》の子《こ》はいかにもつらそうに眼《め》を大《おお》きくして、も一度《いちど》こっちをふりかえって、それからあとはもうだまって出《で》て行《い》ってしまいました。汽車《きしゃ》の中《なか》はもう半分《はんぶん》以上《いじょう》も空《あ》いてしまい、にわかにがらんとしてさびしくなり風《かぜ》がいっぱいに吹《ふ》き込《こ》みました。

そして見《み》ていると、みんなはつつましく列《れつ》を組《く》んであの十字架《じゅうじか》の前《まえ》の天《あま》の川《がわ》の渚《なぎさ》にひざまずいていました。そしてその見《み》えない天《あま》の川《がわ》の水《みず》をわたって、ひとりの神々《こうごう》しい白《しろ》い着《き》物《もの》の人《ひと》が手《て》を伸《の》ばしてこっちへ来《く》るのを二人《ふたり》は見《み》ました。けれどもそのときはもう硝子《ガラス》の呼子《よびこ》は鳴《な》らされ汽車《きしゃ》は動《うご》き出《だ》し、と思《おも》ううちに銀《ぎん》いろの霧《きり》が川下《かわしも》の方《ほう》からすうっと流《なが》れて来《き》て、もうそっちはなにも見《み》えなくなりました。ただたくさんのくるみの木《き》が葉《は》をさんさんと光《ひか》らしてその霧《きり》の中《なか》に立《た》ち、黄金《きん》の円光《えんこう》をもった電気《でんき》りすが可愛《かわい》い顔《かお》をその中《なか》からちらちらのぞいているだけでした。

そのときすうっと霧《きり》がはれかかりました。どこかへ行《い》く街道《かいどう》らしく小《ちい》さな電灯《でんとう》の一列《いちれつ》についた通《とお》りがありました。それはしばらく線路《せんろ》に沿《そ》って進《すす》んでいました。そして二人《ふたり》がそのあかしの前《まえ》を通《とお》って行《い》くときは、その小《ちい》さな豆《まめ》いろの火《ひ》はちょうど挨拶《あいさつ》でもするようにぽかっと消《き》え、二人《ふたり》が過《す》ぎて行《い》くときまた点《つ》くのでした。

ふりかえって見《み》るとさっきの十字架《じゅうじか》はすっかり小《ちい》さくなってしまい、ほんとうにもうそのまま胸《むね》にも吊《つ》るされそうになり、さっきの女《おんな》の子《こ》や青年《せいねん》たちがその前《まえ》の白《しろ》い渚《なぎさ》にまだひざまずいているのか、それともどこか方角《ほうがく》もわからないその天上《てんじょう》へ行《い》ったのか、ぼんやりして見分《みわ》けられませんでした。

ジョバンニは、ああと深《ふか》く息《いき》しました。

「カムパネルラ、また僕《ぼく》たち二人《ふたり》きりになったねえ、どこまでもどこまでも一緒《いっしょ》に行《い》こう。僕《ぼく》はもうあのさそりのように、ほんとうにみんなの幸《さいわ》いのためならば僕《ぼく》のからだなんか百《ひゃっ》ぺんやいてもかまわない」

「うん。僕《ぼく》だってそうだ」

カムパネルラの眼《め》にはきれいな涙《なみだ》が浮《う》かんでいました。

「けれどもほんとうの幸《さいわ》いはいったいなんだろう」

ジョバンニが言《い》いました。

「僕《ぼく》わからない」

カムパネルラがぼんやり言《い》いました。

「僕《ぼく》たちしっかりやろうねえ」

ジョバンニが胸《むね》いっぱい新《あたら》しい力《ちから》が湧《わ》くようにふうと息《いき》をしながら言《い》いました。

「あ、あすこ石炭袋《(1)せきたんぶくろ》だよ。空《そら》の穴《あな》だよ」

カムパネルラが少《すこ》しそっちを避《さ》けるようにしながら天《あま》の川《がわ》のひとところを指《ゆび》さしました。

ジョバンニはそっちを見《み》て、まるでぎくっとしてしまいました。天《あま》の川《がわ》のひとところに大《おお》きなまっくらな穴《あな》がどおんとあいているのです。その底《そこ》がどれほど深《ふか》いか、その奥《おく》になにがあるか、いくら眼《め》をこすってのぞいてもなんにも見《み》えず、ただ眼《め》がしんしんと痛《いた》むのでした。ジョバンニが言《い》いました。

「僕《ぼく》もうあんな大《おお》きな暗《やみ》の中《なか》だってこわくない。きっとみんなのほんとうの幸《さいわ》いを探《さが》しに

（1）星《ほし》を背景《はいけい》にして黒《くろ》く浮《う》かび上《あ》がる暗黒星雲《あんこくせいうん》のひとつ。石炭袋《せきたんぶくろ》は全天体《ぜんてんたい》で最《もっと》も目立《めだ》つ暗黒星雲《あんこくせいうん》とされる。

行《い》く。どこまでもどこまでも僕《ぼく》たち一緒《いっしょ》に進《すす》んで行《い》こう」

「ああきっと行《い》くよ。ああ、あすこの野原《のはら》はなんてきれいだろう。みんな集《あつ》まってるねえ。あすこがほんとうの天上《てんじょう》なんだ。あっ、あすこにいるの僕《ぼく》のお母《かあ》さんだよ」

カムパネルラはにわかに窓《まど》の遠《とお》くに見《み》えるきれいな野原《のはら》を指《さ》して叫《さけ》びました。

ジョバンニもそっちを見《み》ましたけれども、そこはぼんやり白《しろ》くけむっているばかり、どうしてもカムパネルラが言《い》ったように思《おも》われませんでした。なんとも言《い》えずさびしい気《き》がしてぼんやりそっちを見《み》ていましたら、向《む》こうの河岸《かわぎし》に二本《にほん》の電信《でんしん》ばしらがちょうど両方《りょうほう》から腕《うで》を組《く》んだように赤《あか》い腕木《うでぎ》をつらねて立《た》っていました。

「カムパネルラ、僕《ぼく》たち一緒《いっしょ》に行《い》こうねえ」

ジョバンニがこう言《い》いながらふりかえって見《み》ましたら、そのいままでカムパネルラの座《すわ》っていた席《せき》にもうカムパネルラの形《かたち》は見《み》えず、ただ黒《くろ》いびろうどばかり光《ひか》っていました。

ジョバンニはまるで鉄砲丸《てっぽうだま》のように立《た》ちあがりました。そして誰《だれ》にも聞《き》こえないように窓《まど》の外《そと》へからだを乗《の》り出《だ》して力《ちから》いっぱいはげしく胸《むね》をうって叫《さけ》び、それからもうのどいっぱい泣《な》きだしました。もうそこらが一《いっ》ぺんにまっくらになったように思《おも》いました。

ジョバンニは眼《め》をひらきました。もとの丘《おか》の草《くさ》の中《なか》につかれて眠《ねむ》っていたのでした。胸《むね》はなんだかおかしくほてり、頬《ほほ》にはつめたい涙《なみだ》がながれていました。

ジョバンニはばねのようにはね起《お》きました。町《まち》はすっかりさっきの通《とお》りに下《した》でたくさんの灯《あかり》をつづってはいましたが、その光《ひかり》はなんだかさっきよりは熱《ねっ》したという風《ふう》でした。そしてたったいま夢《ゆめ》で歩《ある》いた天《あま》の川《がわ》もやっぱりさっきの通《とお》りに白《しろ》くぼんやりかかり、まっ黒《くろ》な南《みなみ》の地平線《ちへいせん》の上《うえ》ではことにけむったようになって、その右《みぎ》にはさそり座《ざ》の赤《あか》い星《ほし》が美《うつく》しくきらめき、空《そら》ぜんたいの位置《いち》はそんなに変《か》わってもいないようでした。

ジョバンニは(1)一散《いちさん》に丘《おか》を走《はし》って下《お》りました。まだ夕《ゆう》ごはんを食《た》べないで待《ま》っているお母《かあ》さんのことが胸《むね》いっぱいに思《おも》いだされたのです。どんどん黒《くろ》い松《まつ》の林《はやし》の中《なか》を通《とお》って、それからほの白《しろ》い牧場《ぼくじょう》の柵《さく》をまわってさっきの入口《いりぐち》から暗《くら》い牛舎《ぎゅうしゃ》の前《まえ》へまた来《き》ました。そこには誰《だれ》かがいま帰《かえ》ったらしく、さっきなかった一《ひと》つの車《くるま》がなにかのたるを二《ふた》つ乗《の》っけて置《お》いてありました。

「こんばんは」

(1) わき目《め》も振《ふ》らず一生《いっしょう》けん命《めい》に走《はし》ること。

ジョバンニは叫《さけ》びました。

「はい」

白《しろ》い太《ふと》いズボンをはいた人《ひと》がすぐ出《で》て来《き》て立《た》ちました。

「なんのご用《よう》ですか」

「今日《きょう》牛乳《ぎゅうにゅう》が僕《ぼく》のところへ来《こ》なかったのですが」

「あ、すみませんでした」

その人《ひと》はすぐ奥《おく》へ行《い》って一本《いっぽん》の牛乳瓶《ぎゅうにゅうびん》を持《も》って来《き》て、ジョバンニに渡《わた》しながらまた言《い》いました。

「ほんとうに、すみませんでした。今日《きょう》は昼《ひる》すぎうっかりして子牛《こうし》の柵《さく》をあけて置《お》いたもんですから、大将《たいしょう》、早速《さっそく》親牛《おやうし》のところへ行《い》って半分《はんぶん》ばかり飲《の》んでしまいましてね……」

その人《ひと》は笑《わら》いました。

「そうですか。ではいただいて行《い》きます」

「ええ、どうもすみませんでした」

「いいえ」

ジョバンニはまだ熱《あつ》い乳《ちち》の瓶《びん》を両方《りょうほう》のてのひらで包《つつ》むように持《も》って牧場《ぼくじょう》の柵《さく》を出《で》ました。

そしてしばらく木《き》のある町《まち》を通《とお》って大通《おおどお》りへ出《で》て、またしばらく行《い》きますと、道《みち》は十文《じゅうもん》字《じ》になってその右手《みぎて》の方《ほう》、通《とお》りのはずれに、さっきカムパネルラたちのあかりを流《なが》しに行《い》った川《かわ》へかかった大《おお》きな橋《はし》のやぐらが夜《よる》の空《そら》にぼんやり立《た》っていました。

ところがその十字《じゅうじ》になった町《まち》かどや店《みせ》の前《まえ》に女《おんな》たちが七《しち》、八人《はちにん》ぐらいずつ集《あつ》まって、橋《はし》の方《ほう》を見《み》ながらなにかひそひそ話《はな》しているのです。それから橋《はし》の上《うえ》にもいろいろなあかりがいっぱいなのでした。

ジョバンニはなぜか、さあっと胸《むね》が冷《つめ》たくなったように思《おも》いました。そしていきなり近《ちか》くの人《ひと》たちへ、

「なにかあったんですか」と叫《さけ》ぶようにききました。

「子供《こども》が水《みず》へ落《お》ちたんですよ」

一人《ひとり》が言《い》いますと、その人《ひと》たちはいっせいにジョバンニの方《ほう》を見《み》ました。ジョバンニはまるで夢中《むちゅう》で橋《はし》の方《ほう》へ走《はし》りました。橋《はし》の上《うえ》は人《ひと》でいっぱいで河《かわ》が見《み》えませんでした。白《しろ》い服《ふく》を着《き》た巡査《じゅんさ》も出《で》ていました。

ジョバンニは橋《はし》のたもと(1)から飛《と》ぶように下《した》の広《ひろ》い河原《かわら》へおりました。

(1)そば。きわ。

その河原《かわら》の水際《みずぎわ》に沿《そ》ってたくさんのあかりがせわしくのぼったり下《くだ》ったりしていました。向《む》こう岸《ぎし》の暗《くら》いどてにも火《ひ》が七《なな》つ八《やっ》つ動《うご》いていました。そのまん中《なか》を、もう烏瓜《からすうり》のあかりもない川《かわ》が、わずかに音《おと》をたてて灰《はい》いろにしずかに流《なが》れていたのでした。

河原《かわら》のいちばん下流《かりゅう》の方《ほう》へ州《す》のようになって出《で》たところに、人《ひと》の集《あつ》まりがくっきりまっ黒《くろ》に立《た》っていました。ジョバンニはどんどんそっちへ走《はし》りました。するとジョバンニはいきなりさっきカムパネルラと一緒《いっしょ》だったマルソに会《あ》いました。マルソがジョバンニに走《はし》り寄《よ》ってきました。

「ジョバンニ、カムパネルラが川《かわ》へ入《はい》ったよ」

「どうして、いつ」

「ザネリがね、舟《ふね》の上《うえ》から烏瓜《からすうり》のあかりを水《みず》の流《なが》れる方《ほう》へ押《お》してやろうとしたんだ。そのとき舟《ふね》がゆれたもんだから水《みず》へ落《お》っこったろう。するとカムパネルラがすぐ飛《と》びこんだんだ。そしてザネリを舟《ふね》の方《ほう》へ押《お》してよこした。ザネリはカトウにつかまった。けれどもあとカムパネルラが見《み》えないんだ」

「みんな探《さが》してるんだろう」

「ああすぐみんな来《き》た。カムパネルラのお父《とう》さんも来《き》た。けれども見《み》つからないんだ。ザネリはうちへ連《つ》れられてった」

ジョバンニはみんなのいるそっちの方《ほう》へ行《い》きました。そこに学生《がくせい》たち町《まち》の人《ひと》たちに囲《かこ》まれて、青白《あおじろ》いとがったあごをしたカムパネルラのお父《とう》さんが黒《くろ》い服《ふく》を着《き》てまっすぐに立《た》って、右手《みぎて》に持《も》った時計《とけい》をじっと見《み》つめていたのです。

みんなもじっと河《かわ》を見《み》ていました。誰《だれ》も一言《ひとこと》も物《もの》を言《い》う人《ひと》もありませんでした。ジョバンニはわくわくわくわく足《あし》がふるえました。魚《さかな》を捕《と》るときの(1)アセチレンランプがたくさんせわしく行《い》ったり来《き》たりして、黒《くろ》い川《かわ》の水《みず》はちらちら小《ちい》さな波《なみ》をたてて流《なが》れているのが見《み》えるのでした。

下流《かりゅう》の方《かた》は川幅《かわはば》いっぱい銀河《ぎんが》が大《おお》きく写《うつ》って、まるで水《みず》のないそのままの空《そら》のように見《み》えました。

ジョバンニはそのカムパネルラは、もうあの銀河《ぎんが》のはずれにしかいないというような気《き》がしてしかたなかったのです。

けれどもみんなはまだ、どこかの波《なみ》の間《あいだ》から、

(1) 炭化《たんか》カルシウムと水《みず》を反応《はんのう》させ、発生《はっせい》したアセチレンを燃《も》やす単純《たんじゅん》な構造《こうぞう》のランプ。

「僕《ぼく》ずいぶん泳《およ》いだぞ」と言《い》いながらカムパネルラが出《で》て来《く》るか、あるいはカムパネルラがどこかの人《ひと》の知《し》らない洲《す》(1)にでも着《つ》いて立《た》っていて、誰《だれ》かの来《く》るのを待《ま》っているかというような気《き》がして仕方《しかた》ないらしいのでした。けれどもにわかにカムパネルラのお父《とう》さんがきっぱり言《い》いました。

「もう駄目《だめ》です。落《お》ちてから四十五分《よんじゅうごふん》たちましたから」

ジョバンニは思《おも》わずかけよって博士《はかせ》の前《まえ》に立《た》って、僕《ぼく》はカムパネルラの行《い》った方《ほう》を知《し》っています、僕《ぼく》はカムパネルラと一緒《いっしょ》に歩《ある》いていたのですと言《い》おうとしましたが、もうのどがつまってなんとも言《い》えませんでした。すると博士《はかせ》はジョバンニが挨拶《あいさつ》に来《き》たとでも思《おも》ったものですか、しばらくしげしげジョバンニを見《み》ていましたが、

「あなたはジョバンニさんでしたね。どうも今晩《こんばん》はありがとう」とていねいに言《い》いました。

ジョバンニはなにも言《い》えずにただおじぎをしました。

「あなたのお父《とう》さんはもう帰《かえ》っていますか」

博士《はかせ》は堅《かた》く時計《とけい》を握《にぎ》ったまま、またききました。

(1) 川《かわ》の中《なか》で、泥《どろ》や砂《すな》が堆積《たいせき》して水面《すいめん》に現《あらわ》れ出《で》た所《ところ》。

「いいえ」

ジョバンニはかすかに頭《あたま》をふりました。

「どうしたのかなあ。僕《ぼく》には一昨日《おととい》たいへん元気《げんき》な便《たよ》りがあったんだが。今日《きょう》あたりもう着《つ》くころなんだが。船《ふね》が遅《おく》れたんだな。ジョバンニさん。あした放課後《ほうかご》みなさんとうちへ遊《あそ》びに来《き》て下《くだ》さいね」

そう言《い》いながら博士《はかせ》はまた川下《かわしも》の銀河《ぎんが》のいっぱいにうつった方《ほう》へじっと眼《め》を送《おく》りました。

ジョバンニはもういろいろなことで胸《むね》がいっぱいでなんにも言《い》えずに、博士《はかせ》の前《まえ》をはなれて早《はや》くお母《かあ》さんに牛乳《ぎゅうにゅう》を持《も》って行《い》ってお父《とう》さんの帰《かえ》ることを知《し》らせようと思《おも》うと、もう一目散《いちもくさん》に河原《かわら》を街《まち》の方《ほう》へ走《はし》りました。

双《ふた》子《ご》の星《ほし》

双子《ふたご》の星《ほし》　一

天《あま》の川《がわ》の西《にし》の岸《きし》にすぎなの胞子《ほうし》ほどの小《ちい》さな二《ふた》つの星《ほし》が見《み》えます。あれはチュンセ童子《どうじ》とポウセ童子《どうじ》という双子《ふたご》のお星様《ほしさま》の住《す》んでいる小《ちい》さな水精《すいしょう》(1)のお宮《みや》(2)です。

このすきとおる二《ふた》つのお宮《みや》は、まっすぐに向《む》かい合《あ》っています。夜《よる》は二人《ふたり》とも、きっとお宮《みや》に帰《かえ》って、きちんと座《すわ》り、空《そら》の星《ほし》めぐりの歌《うた》(3)に合《あ》わせて、一晩《ひとばん》、銀笛《ぎんてき》(4)を吹《ふ》くのです。それがこの双子《ふたご》のお星様《ほしさま》の役目《やくめ》でした。

ある朝《あさ》、お日様《ひさま》がカツカツカツと厳《おごそ》かにお体《からだ》をゆすぶって、東《ひがし》から昇《のぼ》っておいでになっ

（1）水晶《すいしょう》。（2）宮殿《きゅうでん》。（3）賢治《けんじ》が作詞作曲《さくしさっきょく》した歌《うた》。「銀河鉄道《ぎんがてつどう》の夜《よる》」にも登場《とうじょう》する。（4）銀色《ぎんいろ》の縦笛《たてぶえ》。

た時《とき》、チュンセ童子《どうじ》は銀笛《ぎんてき》を下《した》に置《お》いてポウセ童子《どうじ》に申《もう》しました。

「ポウセさん。もういいでしょう。お日様《ひさま》もお昇《のぼ》りになったし、雲《くも》もまっ白《しろ》に光《ひか》っています。今日《きょう》は西《にし》の野原《のはら》の泉《いずみ》へ行《い》きませんか」

ポウセ童子《どうじ》が、まだ夢中《むちゅう》で、半分目《はんぶんめ》をつぶったまま、銀笛《ぎんてき》を吹《ふ》いていますので、チュンセ童子《どうじ》はお宮《みや》から下《お》りて、靴《くつ》をはいて、ポウセ童子《どうじ》のお宮《みや》の段《だん》にのぼって、もう一度《いちど》言《い》いました。

「ポウセさん。もういいでしょう。東《ひがし》の空《そら》はまるで白《しろ》く燃《も》えているようですし、下《した》では小《ちい》さな鳥《とり》なんかもう目《め》をさましている様子《ようす》です。今日《きょう》は西《にし》の野原《のはら》の泉《いずみ》へ行《い》きませんか。そして、風車《かざぐるま》で霧《きり》をこしらえて、小《ちい》さな虹《にじ》を飛《と》ばして遊《あそ》ぼうではありませんか」

ポウセ童子《どうじ》はやっと気《き》がついて、びっくりして笛《ふえ》を置《お》いて言《い》いました。

「あ、チュンセさん。失礼《しつれい》いたしました。もうすっかり明《あか》るくなったんですね。僕《ぼく》今《いま》すぐ靴《くつ》をはきますから」

そしてポウセ童子《どうじ》は、白《しろ》い貝殻《かいがら》の靴《くつ》をはき、二人《ふたり》は連《つ》れだって空《そら》の銀《ぎん》の芝原《しばはら》を仲《なか》よく歌《うた》いながら行《い》きました。

「お日《ひ》さまの、

お通《とお》りみちを　はき清《きよ》め、
ひかりをちらせ　あまの白雲《しらくも》。
お日《ひ》さまの、
お通《とお》りみちの　石《いし》かけを
深《ふか》くうずめよ、あまの青雲《せいうん》」

そしてもういつか空《そら》の泉《いずみ》に来《き》ました。

この泉《いずみ》は晴《は》れた晩《ばん》には、下《した》からはっきり見《み》えます。天《あま》の川《がわ》の西《にし》の岸《きし》から、よほど離《はな》れた所《ところ》に、青《あお》い小《ちい》さな星《ほし》で丸《まる》くかこまれてあります。底《そこ》は青《あお》い小《ちい》さなつぶ石《いし》でたいらにうずめられ、石《いし》の間《あいだ》からきれいな水《みず》が、ころころころころ湧《わ》き出《だ》して泉《いずみ》の一方《いっぽう》のふちから天《あま》の川《がわ》へ小《ちい》さな流《なが》れになって走《はし》って行《い》きます。私《わたくし》どもの世界《せかい》が日照《ひで》りの時《とき》、やせてしまったよだかやほととぎすなどが、それをだまって見上《みあ》げて、残念《ざんねん》そうにのどをくびくびさせているのを時々《ときどき》見《み》る事《こと》があるではありませんか。どんな鳥《とり》でもとてもあそこまでは行《い》けません。けれども、天《てん》の大《おお》がらすの星《ほし》やさそりの星《ほし》やうさぎの星《ほし》ならもちろんすぐ行《い》けます。

「ポウセさん、まずここへ滝《たき》をこしらえましょうか」

「ええ、こしらえましょう。僕《ぼく》、石《いし》を運《はこ》びますから」

チュンセ童子《どうじ》が靴《くつ》をぬいで小流《こなが》れの中《なか》に入《はい》り、ポウセ童子《どうじ》は岸《きし》から手《て》ごろの石《いし》を集《あつ》めはじめました。

今《いま》は、空《そら》は、りんごのいい匂《にお》いでいっぱいです。西《にし》の空《そら》に消《き》え残《のこ》った銀色《ぎんいろ》のお月様《つきさま》が吐《は》いたのです。

ふと野原《のはら》の向《む》こうから大《おお》きな声《こえ》で歌《うた》うのが聞《き》こえます。

「あまのがわの　にしのきしを、
すこしはなれたそらの井戸《いど》。

みずはころろ、そこもきらら、
まわりをかこむあおいほし。

よだかふくろう、ちどり(1)、かけす(2)、
来《こ》よとすれども、できもせぬ」

「あ、大《おお》がらすの星《ほし》だ」童子《どうじ》たちは一緒《いっしょ》に言《い》いました。

もう空《そら》のすすきをざわざわと分《わ》けて大《おお》がらすが向《む》こうから肩《かた》をふって、のっしのっしと

（1）草原《そうげん》、川《かわ》の近《ちか》くなどに生息《せいそく》する、足《あし》を交差《こうさ》させながら歩《ある》く鳥《とり》。（2）約《やく》30センチほどの大《おお》きさ鳥《とり》。

大股《おおまた》にやって参《まい》りました。まっ黒《くろ》なびろうど(1)のマントを着《き》て、まっ黒《くろ》なびろうどのもも引《ひき》をはいておりました。

大《おお》がらすは二人《ふたり》を見《み》て立《た》ちどまって、ていねいにおじぎしました。

「いや、こんにちは。チュンセ童子《どうじ》とポウセ童子《どうじ》。よく晴《は》れて結構《けっこう》ですな。しかしどうも晴《は》れるとのどがかわいていけません。それに夕《ゆう》べは少《すこ》し高《たか》く歌《うた》い過《す》ぎましてな。ごめんください」と言《い》いながら大《おお》がらすは泉《いずみ》に頭《あたま》をつき込《こ》みました。

「どうか構《かま》わないでたくさん飲《の》んで下《くだ》さい」とポウセ童子《どうじ》が言《い》いました。

大《おお》がらすは息《いき》もつかずに三分《さんぷん》ばかりのどを鳴《な》らして飲《の》んでからやっと顔《かお》を上《あ》げて、ちょっと目《め》をパチパチ言《い》わせて、それからブルルッと頭《あたま》をふって水《みず》を払《はら》いました。

その時《とき》向《む》こうから荒《あら》い声《こえ》の歌《うた》がまた聞《き》こえて参《まい》りました。大《おお》がらすは見《み》る見《み》る顔色《かおいろ》を変《か》えて体《からだ》を激《はげ》しくふるわせました。

「みなみのそらの、赤眼《あかめ》のさそり
毒《どく》あるかぎ(2)と　大《おお》きなはさみを

（1）なめらかで光沢《こうたく》のある織物《おりもの》。（2）さそりの尾《お》にある毒針《どくばり》のこと。

知《し》らない者《もの》はあほうどり（1）」

そこで大《おお》がらすが怒《おこ》って言《い》いました。

「さそり星《ぼし》です。ちくしょう。あほうどりだなんて人《ひと》をあてつけてやがる。見《み》ろ。ここへ来《き》たらその赤眼《あかめ》を抜《ぬ》いてやるぞ」

チュンセ童子《どうじ》が、

「大《おお》がらすさん。それはいけないでしょう。王様《おうさま》がご存《ぞん》じですよ」という間《ま》もなく、もう赤《あか》い眼《め》のさそり星《ぼし》が向《む》こうから、二《ふた》つの大《おお》きなはさみをゆらゆら動《うご》かし長《なが》い尾《お》をカラカラ引《ひ》いてやって来《く》るのです。その音《おと》は静《しず》かな天《てん》の野原中《のはらじゅう》にひびきました。

大《おお》がらすはもう怒《おこ》ってぶるぶるふるえて今《いま》にも飛《と》びかかりそうです。双子《ふたご》の星《ほし》は一生《いっしょう》けん命《めい》手《て》まねでそれを押《お》さえました。

さそりは大《おお》がらすを（2）尻目《しりめ》にかけて、もう泉《いずみ》のふちまではって来《き》て言《い》いました。

「ああ、どうものどがかわいてしまった。やあ双子《ふたご》さん。こんにちは。ごめんなさい。少《すこ》し水《みず》を飲《の》んでやろうかな。はてな、どうもこの水《みず》は変《へん》に土臭《つちくさ》いぞ。どこかのまっ黒《くろ》な馬鹿《ばか》

（1）白《しろ》くて大《おお》きな鳥《とり》。ここではからすをバカにするための悪口《わるぐち》。（2）相手《あいて》を自分《じぶん》より下《した》に見《み》てバカにする態度《たいど》。

アが頭《あたま》をつっ込《こ》んだと見《み》える。えい。仕方《しかた》ない。我慢《がまん》してやれ」

そしてさそりは十分《じゅっぷん》ばかりごくりごくりと水《みず》を飲《の》みました。その間《あいだ》も、いかにも大《おお》がらすを馬鹿《ばか》にする様《よう》に、毒《どく》のかぎのついた尾《お》をそちらにパタパタ動《うご》かすのです。

とうとう大《おお》がらすは、我慢《がまん》しかねて羽《はね》をパッと開《ひら》いて叫《さけ》びました。

「こらさそり。貴様《きさま》はさっきからあほうどりだのなんだのと俺《おれ》の悪口《わるぐち》を言《い》ったな。早《はや》くあやまったらどうだ」

さそりがやっと水《みず》から頭《あたま》をはなして、赤《あか》い眼《め》をまるで火《ひ》が燃《も》えるように動《うご》かしました。

「へん。誰《だれ》かなにか言《い》ってるぜ。赤《あか》いお方《かた》だろうか。ねずみ色《いろ》のお方《かた》だろうか。一《ひと》つかぎをおみまいしますかな」

大《おお》がらすはかっとして思《おも》わず飛《と》びあがって叫《さけ》びました。

「なにを。生意気《なまいき》な。空《そら》の向《む》こう側《がわ》へまっさかさまに落《お》としてやるぞ」

さそりも怒《おこ》って大《おお》きな体《からだ》をすばやくひねって尾《お》のかぎを空《そら》に突《つ》き上《あ》げました。大《おお》がらすは飛《と》び上《あ》がってそれを避《さ》け、今度《こんど》はくちばしを槍《やり》のようにしてまっすぐにさそりの頭《あたま》をめがけて落《お》ちて来《き》ました。

チュンセ童子《どうじ》もポウセ童子《どうじ》もとめるすきがありません。さそりは頭《あたま》に深《ふか》い傷《きず》を受《う》け、大《おお》がらすは胸《むね》を毒《どく》のかぎでさされて、両方《りょうほう》ともウンとうなったまま重《かさ》なり合《あ》って気絶《きぜつ》してしまいました。

さそりの血《ち》がどくどく空《そら》に流《なが》れて、いやな赤《あか》い雲《くも》になりました。

チュンセ童子《どうじ》が急《いそ》いで靴《くつ》をはいて、申《もう》しました。

「さあ大変《たいへん》だ。大《おお》がらすには毒《どく》が入《はい》ったのだ。早《はや》く吸《す》いとってやらないといけない。ポウセさん。大《おお》がらすをしっかり押《お》さえていて下《くだ》さいませんか」

ポウセ童子《どうじ》も靴《くつ》をはいてしまって、いそいで大《おお》がらすのうしろにまわってしっかり押《お》さえました。チュンセ童子《どうじ》が大《おお》がらすの胸《むね》の傷口《きずぐち》に口《くち》をあてました。ポウセ童子《どうじ》が申《もう》しました。

「チュンセさん。毒《どく》を飲《の》んではいけませんよ。すぐ吐《は》き出《だ》してしまわないといけませんよ」

チュンセ童子《どうじ》がだまって傷口《きずぐち》から六《ろっ》ぺんほど毒《どく》のある血《ち》を吸《す》って吐《は》き出《だ》しました。すると大《おお》がらすがやっと気《き》がついて、うすく目《め》を開《ひら》いて申《もう》しました。

「あ、どうもすみません。私《わたし》はどうしたのですかな。たしか野郎《やろう》をしとめたのだが」

チュンセ童子《どうじ》が申《もう》しました。

「早《はや》く流《なが》れでその傷口《きずぐち》をお洗《あら》いなさい。歩《ある》けますか」

大《おお》がらすはよろよろ立《た》ちあがってさそりを見《み》て、また体《からだ》をふるわせて言《い》いました。

「ちくしょう。空《そら》の毒虫《どくむし》め。空《そら》で死《し》んだのをありがたいと思《おも》え」

二人《ふたり》は大《おお》がらすを急《いそ》いで流《なが》れへ連《つ》れて行《い》きました。そしてきれいに傷口《きずぐち》を洗《あら》ってやって、その上《うえ》、傷口《きずぐち》へ二《に》、三度《さんど》かぐわしい息《いき》を吹《ふ》きかけてやって言《い》いました。

「さあ、ゆるゆる歩《ある》いて明《あか》るいうちに早《はや》くおうちへお帰《かえ》りなさい。これからこんな事《こと》をしてはいけません。王様《おうさま》はみんなご存《ぞん》じですよ」

大《おお》がらすはすっかりしょげて翼《つばさ》を力《ちから》なくたれ、なんべんもおじぎをしながら、

「ありがとうございます。ありがとうございます。これからは気《き》をつけます」と言《い》いながら、脚《あし》を引《ひ》きずって銀《ぎん》のすすきの野原《のはら》を向《む》こうへ行《い》ってしまいました。

二人《ふたり》はさそりを調《しら》べて見《み》ました。頭《あたま》の傷《きず》はかなり深《ふか》かったのですが、もう血《ち》がとまっています。二人《ふたり》は泉《いずみ》の水《みず》をすくって、傷口《きずぐち》にかけてきれいに洗《あら》いました。そしてかわるがわるふっふっと息《いき》をそこへ吹《ふ》き込《こ》みました。

お日様《ひさま》がちょうど空《そら》のまん中《なか》においでになった頃《ころ》、さそりはかすかに目《め》を開《ひら》きました。ポウセ童子《どうじ》が汗《あせ》をふきながら申《もう》しました。

「どうですか気分《きぶん》は」

さそりがゆるくつぶやきました。

「大《おお》がらすめは死《し》にましたか」

チュンセ童子《どうじ》が少《すこ》し怒《おこ》って言《い》いました。

「まだそんな事《こと》を言《い》うんですか。あなたこそ死《し》ぬところでした。さあ早《はや》くうちへ帰《かえ》るように元気《げんき》をお出《だ》しなさい。明《あか》るいうちに帰《かえ》らなかったら大変《たいへん》ですよ」

さそりが目《め》を変《へん》に光《ひか》らして言《い》いました。

「双子《ふたご》さん。どうか私《わたし》を送《おく》って下《くだ》さいませんか。お世話《せわ》のついでです」

ポウセ童子《どうじ》が言《い》いました。

「送《おく》ってあげましょう。さあおつかまりなさい」

チュンセ童子《どうじ》も申《もう》しました。

「そら、僕《ぼく》にもおつかまりなさい。早《はや》くしないと明《あか》るいうちに家《いえ》に行《い》けません。そうすると今夜《こんや》の星《ほし》めぐりが出来《でき》なくなります」

さそりは二人《ふたり》につかまってよろよろ歩《ある》き出《だ》しました。二人《ふたり》の肩《かた》の骨《ほね》は曲《ま》がりそうになりました。実《じつ》にさそりの体《からだ》は重《おも》いのです。大《おお》きさからいっても童子《どうじ》たちの十倍《じゅうばい》くらいはあるのです。

けれども二人《ふたり》は顔《かお》をまっ赤《か》にしてこらえて一足《ひとあし》ずつ歩《ある》きました。さそりは尾《お》をギーギーと石《いし》ころの上《うえ》に引《ひ》きずって、いやな息《いき》をはあはあ吐《は》いてよろりよろりと歩《ある》くのです。一時間《いちじかん》(1)十町《じゅっちょう》とも進《すす》みません。

もう童子《どうじ》たちはあまり重《おも》い上《うえ》にさそりの手《て》がひどく食《く》い込《こ》んで痛《いた》いので、肩《かた》や胸《むね》が自分《じぶん》のものかどうかもわからなくなりました。

空《そら》の野原《のはら》はきらきら白《しろ》く光《ひか》っています。七《なな》つの小流《こなが》れと十《じゅう》の芝原《しばはら》とを過《す》ぎました。

童子《どうじ》たちは頭《あたま》がぐるぐるして、もう自分《じぶん》が歩《ある》いているのか立《た》っているのかわかりませんでした。それでも二人《ふたり》はだまってやはり一足《ひとあし》ずつ進《すす》みました。

さっきから六時間《ろくじかん》もたっています。さそりの家《いえ》まではまだ一時間《いちじかん》半《はん》はかかりましょう。もうお日様《ひさま》が西《にし》の山《やま》にお入《はい》りになる所《ところ》です。

「もう少《すこ》し急《いそ》げませんか。私《わたし》らも、もう一時間《いちじかん》半《はん》のうちにおうちへ帰《かえ》らないといけないんだから。けれども苦《くる》しいんですか。大変《たいへん》痛《いた》みますか」とポウセ童子《どうじ》が申《もう》しました。

(1) 長《なが》さの単位《たんい》。1町《ちょう》は約《やく》109メートル

「へい。も少《すこ》しでございます。どうかお慈悲《じひ》でございます」とさそりが泣《な》きました。

「ええ。も少《すこ》しです。傷《きず》は痛《いた》みますか」とチュンセ童子《どうじ》が肩《かた》の骨《ほね》の砕《くだ》けそうなのをじっとこらえて申《もう》しました。

お日様《ひさま》がもうサッサッサッと三《さん》べん厳《おごそ》かにゆらいで西《にし》の山《やま》にお沈《しず》みになりました。

「もう僕《ぼく》らは帰《かえ》らないといけない。困《こま》ったな。ここらの人《ひと》は誰《だれ》かいませんか」

ポウセ童子《どうじ》が叫《さけ》びました。天《てん》の野原《のはら》はしんとして返事《へんじ》もありません。

西《にし》の雲《くも》はまっかにかがやき、さそりの眼《め》も赤《あか》く悲《かな》しく光《ひか》りました。光《ひかり》の強《つよ》い星《ほし》たちはもう銀《ぎん》のよろいを着《き》て、歌《うた》いながら遠《とお》くの空《そら》へ現《あらわ》れた様子《ようす》です。

「一《ひと》つ星《ぼし》めっけた。長者《ちょうじゃ》になあれ」

下《した》で一人《ひとり》の子供《こども》がそっちを見上《みあ》げて叫《さけ》んでいます。

チュンセ童子《どうじ》が、

「さそりさん。も少《すこ》しです。急《いそ》げませんか。疲《つか》れましたか」と言《い》いました。

さそりが哀《あわ》れな声《こえ》で、

「どうもすっかり疲《つか》れてしまいました。どうか少《すこ》しですからお許《ゆる》し下《くだ》さい」と言《い》います。

「星《ほし》さん星《ほし》さん一《ひと》つの星《ほし》で出《で》ぬもんだ。千《せん》も万《まん》もでるもんだ」

下《した》で別《べつ》の子供《こども》が叫《さけ》んでいます。もう西《にし》の山《やま》はまっ黒《くろ》です。あちこち星《ほし》がちらちら現《あらわ》れました。

チュンセ童子《どうじ》は背中《せなか》が曲《ま》がって、まるでつぶれそうになりながら言《い》いました。

「さそりさん。もう私《わたし》らは今夜《こんや》は時間《じかん》に遅《おく》れました。きっと王様《おうさま》にしかられます。事《こと》によったら流《なが》されるかも知《し》れません。けれどもあなたがふだんの所《ところ》にいなかったら、それこそ大変《たいへん》です」

ポウセ童子《どうじ》が、

「私《わたし》はもう疲《つか》れて死《し》にそうです。さそりさん。もっと元気《げんき》を出《だ》して早《はや》く帰《かえ》って行《い》って下《くだ》さい」

と言《い》いながら、とうとうバッタリ倒《たお》れてしまいました。さそりは泣《な》いて言《い》いました。

「どうか許《ゆる》して下《くだ》さい。私《わたし》は馬鹿《ばか》です。あなた方《がた》の髪《かみ》の毛《け》一本《いっぽん》にも及《およ》びません。きっと心《こころ》を改《あらた》めてこのおわびはいたします。きっといたします」

この時《とき》、水色《みずいろ》の激《はげ》しい光《ひかり》の外套《がいとう》(1)を着《き》た稲妻《いなずま》が、向《む》こうからギラッとひらめいて飛《と》んで来《き》ました。そして童子《どうじ》たちに手《て》をついて申《もう》しました。

「王様《おうさま》のご命《めい》でお迎《むか》えに参《まい》りました。さあご一緒《いっしょ》に私《わたし》のマントへおつかまり下《くだ》さい。もう

(1) コート

すぐお宮《みや》へお連《つ》れ申《もう》します。王様《おうさま》はどういう訳《わけ》か、さっきからひどくお喜《よろこ》びでございます。それから、さそり。お前《まえ》は今《いま》まで憎《にく》まれ者《もの》だったな。さあこの薬《くすり》を王様《おうさま》からくだすったんだ。飲《の》め」

童子《どうじ》たちは叫《さけ》びました。

「それではさそりさん。さよなら。早《はや》く薬《くすり》を飲《の》んで下《くだ》さい。それからさっきの約束《やくそく》ですよ。きっとですよ。さよなら」

そして二人《ふたり》は一緒《いっしょ》に稲妻《いなずま》のマントにつかまりました。さそりがたくさんの手《て》をついて平伏《へいふく》して薬《くすり》を飲《の》み、それからていねいにおじぎをします。

稲妻《いなずま》がぎらぎらっと光《ひか》ったと思《おも》うと、もういつかさっきの泉《いずみ》のそばに立《た》っておりました。そして申《もう》しました。

「さあ、すっかりお体《からだ》をお洗《あら》いなさい。王様《おうさま》から新《あたら》しい着物《きもの》と靴《くつ》をくださいました。まだ十五分《じゅうごふん》、間《ま》があります」

双子《ふたご》のお星様《ほしさま》たちは喜《よろこ》んでつめたい水晶《すいしょう》のような流《なが》れを浴《あ》び、匂《にお》いのいい青光《あおびか》りのうすものの衣《ころも》を着《つ》け、新《あたら》しい白光《しろびか》りの靴《くつ》をはきました。するともう体《からだ》の痛《いた》みも疲《つか》れもいっぺんにとれて、すがすがしてしまいました。

「さあ、参《まい》りましょう」と稲妻《いなずま》が申《もう》しました。そして二人《ふたり》がまたそのマントに取《と》りつきますと、紫色《むらさきいろ》の光《ひかり》がいっぺんぱっとひらめいて、童子《どうじ》たちはもう自分《じぶん》のお宮《みや》の前《まえ》にいました。

稲妻《いなずま》はもう見《み》えません。

「チュンセ童子《どうじ》、それでは支度《したく》をしましょう」

「ポウセ童子《どうじ》、それでは支度《したく》をしましょう」

二人《ふたり》はお宮《みや》にのぼり、向《む》き合《あ》ってきちんと座《すわ》り、銀笛《ぎんてき》を取《と》り上《あ》げました。

ちょうどあちこちで星《ほし》めぐりの歌《うた》がはじまりました。

「あかいめだまの　さそり
ひろげたわしの　つばさ
あおいめだまの　小《こ》いぬ、
ひかりのへびの　とぐろ。

オリオンは高《たか》く　うたい
つゆとしもとを　おとす、
アンドロメダの　くもは

さかなのくちの　かたち。
大《おお》ぐまのあしを　きたに
五《いつ》つのばした　ところ。
小熊《こぐま》のひたいの　うえは
そらのめぐりの　めあて」
双子《ふたご》のお星様《ほしさま》たちは笛《ふえ》を吹《ふ》きはじめました。

双子《ふたご》の星《ほし》　二

（天《あま》の川《がわ》の西《にし》の岸《きし》に小《ちい》さな小《ちい》さな二《ふた》つの青《あお》い星《ほし》が見《み》えます。あれはチュンセ童子《どうじ》とポウセ童子《どうじ》という双子《ふたご》のお星様《ほしさま》で、めいめい水精《すいしょう》でできた小《ちい》さなお宮《みや》に住《す》んでいます。二《ふた》つのお宮《みや》はまっすぐに向《む》かい合《あ》っています。夜《よる》は二人《ふたり》ともきっとお宮《みや》に帰《かえ》ってきちんと座《すわ》って、空《そら》の星《ほし》めぐりの歌《うた》に合《あわ》せて一晩《ひとばん》銀笛《ぎんてき》を吹《ふ》くのです。それがこの双子《ふたご》のお星様《ほしさま》たちの役目《やくめ》でした）
ある晩《ばん》、空《そら》の下《した》の方《ほう》が黒《くろ》い雲《くも》でいっぱいに埋《う》まり、雲《くも》の下《した》では雨《あめ》がザアッザアッと降《ふ》っておりました。それでも二人《ふたり》はいつものように(1)めいめいのお宮《みや》にきちんと座《すわ》って向《む》かいあって笛《ふえ》を吹《ふ》いていますと、突然《とつぜん》大《おお》きな乱暴《らんぼう》ものの(2)彗星《ほうきぼし》がやって来《き》て、二人《ふたり》のお宮《みや》にフッフッと青白《あおじろ》い光《ひかり》の霧《きり》を吹《ふ》きかけて言《い》いました。

「おい、双子《ふたご》の青星《あおぼし》。すこし旅《たび》に出《で》て見《み》ないか。今夜《こんや》なんかそんなにしなくてもいいんだ。いくら(3)難船《なんせん》の船乗《ふなの》りが星《ほし》で方角《ほうがく》を定《さだ》めようたって雲《くも》で見《み》えはしない。天文台《てんもんだい》の星《ほし》の係《かかり》も今日《きょう》は休《やす》みであくびをしてる。いつも星《ほし》を見《み》ているあの生意気《なまいき》な小学生《しょうがくせい》も、雨《あめ》ですっかりへこたれてうちの中《なか》で絵《え》なんか書《か》いているんだ。お前《まえ》たちが笛《ふえ》なんか吹《ふ》かなくたって星《ほし》はみんなくるくるまわるさ。どうだ。ちょっと旅《たび》へ出《で》よう。あしたの晩方《ばんがた》までにはここに連《つ》れて来《き》てやるぜ」

チュンセ童子《どうじ》がちょっと笛《ふえ》をやめて言《い》いました。

「それは曇《くも》った日《ひ》は笛《ふえ》をやめてもいいと王様《おうさま》からお許《ゆる》しはあるとも。私《わたし》らはただ面白《おもしろ》くて吹《ふ》いていたんだ」

ポウセ童子《どうじ》もちょっと笛《ふえ》をやめて言《い》いました。

（1）それぞれの。（2）太陽《たいよう》を回《まわ》る小《ちい》さな天体《てんたい》のうち、「尾《お》」を持《も》つものの。すい星《せい》。（3）壊《こわ》れて動《うご》かなくなった船《ふね》。

「けれども旅《たび》に出《で》るなんてそんな事《こと》はお許《ゆる》しがないはずだ。雲《くも》がいつ晴《は》れるかもわからないんだから」

彗星《ほうきぼし》が言《い》いました。

「心配《しんぱい》するなよ。王様《おうさま》がこの前《まえ》、俺《おれ》にそう言《い》ったぜ。いつか曇《くも》った晩《ばん》、あの双子《ふたご》を少《すこ》し旅《たび》させてやってくれってな。行《い》こう。行《い》こう。俺《おれ》なんか面白《おもしろ》いぞ。俺《おれ》のあだ名《な》は空《そら》のくじらと言《い》うんだ。知《し》ってるか。俺《おれ》はいわしのようなヒョロヒョロの星《ほし》や、めだかのような黒《くろ》い隕石《いし》はみんなパクパクのんでしまうんだ。それから一番痛快《いちばんつうかい》なのは、まっすぐに行《い》ってそのまままっすぐに戻《もど》るくらい、ひどくカーブを切《き》ってまわるときだ。まるで体《からだ》が壊《こわ》れそうになってミシミシいうんだ。光《ひかり》の骨《ほね》までカチカチいうぜ」

ポウセ童子《どうじ》が言《い》いました。

「チュンセさん。行《い》きましょうか。王様《おうさま》がいいっておっしゃったそうですから」

チュンセ童子《どうじ》が言《い》いました。

「けれども王様《おうさま》がお許《ゆる》しになったなんて、いったい本当でしょうか」

彗星《ほうきぼし》が言《い》いました。

「へん。嘘《うそ》なら俺《おれ》の頭《あたま》が裂《さ》けてしまうがいいさ。頭《あたま》と胴《どう》と尾《お》とばらばらになって海《うみ》へ落《お》ちて、なまこにでもなるだろうよ。嘘《うそ》なんか言《い》うもんか」

ポウセ童子《どうじ》が言《い》いました。

「そんなら王様《おうさま》に誓《ちか》えるかい」

彗星《ほうきぼし》はわけもなく言《い》いました。

「うん、誓《ちか》うとも。そら、王様《おうさま》[1]ご照覧《しょうらん》。ええ今日《きょう》、王様《おうさま》のご命令《めいれい》で双子《ふたご》の青星《あおぼし》は旅《たび》に出《で》ます。ね。いいだろう」

二人《ふたり》は一緒《いっしょ》に言《い》いました。

「うん。いい。そんなら行《い》こう」

そこで彗星《ほうきぼし》がいやに真面目《まじめ》くさって言《い》いました。

「それじゃ早《はや》く俺《おれ》のしっぽにつかまれ。しっかりとつかまるんだ。さ。いいか」

二人《ふたり》は彗星《ほうきぼし》のしっぽにしっかりつかまりました。彗星《ほうきぼし》は青白《あおじろ》い光《ひかり》を一《ひと》つフウとはいて言《い》いました。

「さあ、発《た》つぞ。ギイギイフウ。ギイギイフウ」

（1）神様《かみさま》や仏様《ほとけさま》がご覧《らん》になること。

実《じつ》に彗星《ほうきぼし》は空《そら》のくじらです。弱《よわ》い星《ほし》はあちこち逃《に》げまわりました。もう大分来《だいぶき》たのです。二人《ふたり》のお宮《みや》もはるかに遠《とお》く遠《とお》くなってしまい、今《いま》は小《ちい》さな青白《あおじろ》い点《てん》にしか見《み》えません。

チュンセ童子《どうじ》が申《もう》しました。

「もう余程来《よほどき》たな。天《あま》の川《がわ》(1)の落《お》ち口《ぐち》はまだだろうか」

すると彗星《ほうきぼし》の態度《たいど》がガラリと変《か》わってしまいました。

「へん。天《あま》の川《がわ》の落《お》ち口《ぐち》よりお前《まえ》らの落《お》ち口《ぐち》を見《み》ろ。それ、一《いち》ぃ二《に》の三《さん》」

彗星《ほうきぼし》は尾《お》を強《つよ》く二《に》、三《さん》べん動《うご》かし、おまけにうしろをふり向《む》いて青白《あおじろ》い霧《きり》を激《はげ》しくかけて二人《ふたり》を吹《ふ》き落《お》としてしまいました。

二人《ふたり》は青黒《あおぐろ》い(2)虚空《こくう》をまっしぐらに落《お》ちました。

彗星《ほうきぼし》は、

「あっはっは、あっはっは。さっきの誓《ちか》いもなにもかもみんな取《と》り消《け》しだ。ギイギイギイ、フウ。ギイギイフウ」と言《い》いながら向《む》こうへ走《はし》って行《い》ってしまいました。二人《ふたり》は落《お》ちながらしっかりお互《たが》いのひじをつかみました。この双子《ふたご》のお星様《ほしさま》はどこまででも一緒《いっしょ》に落《お》ちよ

(1) 滝《たき》などの水《みず》の流《なが》れが落下《らっか》する所《ところ》。(2) 何《なに》もない空間《くうかん》。空中《くうちゅう》。

うとしたのです。

二人《ふたり》の体《からだ》が空気《くうき》の中《なか》に入《はい》ってからは雷《かみなり》のように鳴《な》り、赤《あか》い火花《ひばな》がパチパチあがり、見《み》ていてさえめまいがするくらいでした。そして二人《ふたり》はまっ黒《くろ》な雲《くも》の中《なか》を通《とお》り、暗《くら》い波《なみ》のほえていた海《うみ》の中《なか》に矢《や》のように落《お》ち込《こ》みました。

二人《ふたり》はずんずん沈《しず》みました。けれども不思議《ふしぎ》な事《こと》には水《みず》の中《なか》でも自由《じゆう》に息《いき》ができたのです。

海《うみ》の底《そこ》はやわらかな泥《どろ》で大《おお》きな黒《くろ》いものが寝《ね》ていたり、もやもやの藻《も》がゆれたりしました。

チュンセ童子《どうじ》が申《もう》しました。

「ポウセさん。ここは海《うみ》の底《そこ》でしょうね。もう僕《ぼく》たちは空《そら》に昇《のぼ》れません。これからどんな目《め》にあうでしょう」

ポウセ童子《どうじ》が言《い》いました。

「僕《ぼく》らは彗星《ほうきぼし》にだまされたのです。彗星《ほうきぼし》は王様《おうさま》へさえ嘘《うそ》をついたのです。本当《ほんとう》に憎《にく》いやつではありませんか」

するとすぐ足《あし》もとで星《ほし》の形《かたち》で赤《あか》い光《ひかり》の小《ちい》さなひとでが申《もう》しました。

「お前《まえ》さんたちはどこの海《うみ》の人《ひと》たちですか。お前《まえ》さんたちは青《あお》いひとでのしるしをつけていますね」

ポウセ童子《どうじ》が言《い》いました。

「私《わたし》らはひとでではありません。星《ほし》ですよ」

するとひとでが怒《おこ》って言《い》いました。

「なんだと。星《ほし》だって。ひとではもとはみんな星《ほし》さ。お前《まえ》たちはそれじゃ、今《いま》やっとここへ来《き》たんだろう。なんだ。それじゃ新米《しんまい》のひとでだ。ほやほやの悪党《あくとう》だ。悪《わる》い事《こと》をしてここへ来《き》ながら星《ほし》だなんて鼻《はな》にかけるのは海《うみ》の底《そこ》でははやらないさ。おいらだって空《そら》にいた時《とき》は第一等《だいいっとう》(1)の軍人《ぐんじん》だぜ」

ポウセ童子《どうじ》が悲《かな》しそうに上《うえ》を見《み》ました。

もう雨《あめ》がやんで雲《くも》がすっかりなくなり、海《うみ》の水《みず》もまるで硝子《ガラス》のように静《しず》まって空《そら》がはっきり見《み》えます。天《あま》の川《がわ》も空《そら》の井戸《いど》もわし(2)の星《ほし》や琴《こと》(3)弾《ひ》きの星《ほし》やみんなはっきり見《み》えます。小《ちい》さく小《ちい》さく二人《ふたり》のお宮《みや》も見《み》えます。

(1) 優《すぐ》れている物《もの》や事《こと》。(2) わし座《ざ》。天《あま》の川《がわ》の中《なか》にある。(3) こと座《ざ》。天《あま》の川《がわ》の中《なか》にある。

「チュンセさん。すっかり空《そら》が見《み》えます。私《わたし》らのお宮《みや》も見《み》えます。それだのに私《わたし》らはとうとうひとでになってしまいました」

「ポウセさん。もう仕方《しかた》ありません。ここから空《そら》のみなさんにお別《わか》れしましょう。またおすがたは見《み》えませんが王様《おうさま》におわびをしましょう」

「王様《おうさま》さよなら。私《わたくし》どもは今日《きょう》からひとでになるのでございます」

「王様《おうさま》さよなら。馬鹿《ばか》な私《わたくし》どもは彗星《ほうきぼし》にだまされました。今日《きょう》からは暗《くら》い海《うみ》の底《そこ》の泥《どろ》を私《わたくし》どもは、はいまわります」

「さよなら王様《おうさま》。また天上《てんじょう》の皆様《みなさま》。おさかえを祈《いの》ります」

「さよなら皆様《みなさま》。またすべての上《うえ》の尊《とうと》い王様《おうさま》、いつまでもそうしておいで下《くだ》さい」

赤《あか》いひとでがたくさん集《あつ》まって来《き》て、二人《ふたり》を囲《かこ》んでがやがや言《い》っておりました。

「こら着物《きもの》をよこせ」「こら。剣《けん》を出《だ》せ」「税金《ぜいきん》を出《だ》せ」「もっと小《ちい》さくなれ」「俺《おれ》の靴《くつ》をふけ」

その時《とき》みんなの頭《あたま》の上《うえ》を、まっ黒《くろ》な大《おお》きな大《おお》きなものがゴーゴーゴーとほえて通《とお》りかかりました。ひとではあわててみんなおじぎをしました。黒《くろ》いものは行《い》き過《す》ぎようとしてふと立《た》ちどまって、よく二人《ふたり》をすかして見《み》て言《い》いました。

「ははあ、新兵《しんぺい》だな。まだおじぎのしかたも習《なら》わないのだな。このくじら様《さま》を知《し》らんのか。俺《おれ》のあだなは海《うみ》の彗星《ほうきぼし》と言《い》うんだ。知《し》ってるか。俺《おれ》はいわしのようなひょろひょろの魚《さかな》やめだかの様《よう》なめくら（1）の魚《さかな》はみんなパクパクのんでしまうんだ。それから一番痛快《いちばんつうかい》なのは、まっすぐに行《い》ってぐるっと円《えん》を描《えが》いてまっすぐにかえるくらいゆっくりカーブを切《き》るときだ。まるで体《からだ》の油《あぶら》がねとねとするぞ。さて、お前《まえ》は天《てん》からの追放《ついほう》（2）の書《か》き付《つ》けを持《も》って来《き》たろうな。早《はや》く出《だ》せ」

二人《ふたり》は顔《かお》を見合《みあ》わせました。チュンセ童子《どうじ》が、

「僕《ぼく》らはそんなもの持《も》たない」と申《もう》しました。

するとくじらが怒《おこ》って水《みず》を一《ひと》つぐうっと口《くち》から吐《は》きました。ひとではみんな顔色《かおいろ》を変《か》えてよろよろしましたが、二人《ふたり》はこらえてしゃんと立《た》っていました。

くじらが怖《こわ》い顔《かお》をして言《い》いました。

「書《か》き付《つ》けを持《も》たないのか。悪党《あくとう》め。ここにいるのはどんな悪《わる》い事《こと》を天上《てんじょう》でして来《き》たやつでも、書《か》き付《つ》けを持《も》たなかったものはないぞ。貴様《きさま》らは実《じつ》にけしからん。さあ。のんでし

（1）視力《しりょく》を失《うしな》って目《め》が見《み》えないこと。（2）簡単《かんたん》な文《ぶん》が書《か》かれたもの。立場《たちば》が上《うえ》の人《ひと》からの命令《めいれい》が記《しる》された書類《しょるい》。

まうからそう思《おも》え。いいか」

　くじらは口《くち》を大《おお》きくあけて身構《みがま》えしました。ひとでや近所《きんじょ》の魚《さかな》は巻《ま》き添《ぞ》えを食《く》っては大《たい》変《へん》だと泥《どろ》の中《なか》にもぐり込《こ》んだり一目散《いちもくさん》に逃《に》げたりしました。

　その時《とき》向《む》こうから銀色《ぎんいろ》の光《ひかり》がパッと差《さ》して小《ちい》さな(1)海蛇《うみへび》がやって来《き》ます。くじらは非常《ひじょう》に驚《おどろ》いたらしく急《いそ》いで口《くち》を閉《し》めました。

　海蛇《うみへび》は不思議《ふしぎ》そうに二人《ふたり》の頭《あたま》の上《うえ》をじっと見《み》て言《い》いました。

「あなた方《がた》はどうしたのですか。悪《わる》い事《こと》をなさって天《てん》から落《お》とされたお方《かた》ではないように思《おも》われますが」

　くじらが横《よこ》から口《くち》を出《だ》しました。

「こいつらは追放《ついほう》の書《か》き付《つ》けも持《も》ってませんよ」

　海蛇《うみへび》がすごい目《め》をしてくじらをにらみつけて言《い》いました。

「だまっておいで。生意気《なまいき》な。このお方《かた》がたをこいつらなんてお前《まえ》がどうして言《い》えるんだ。お前《まえ》には善《よ》い事《こと》をしていた人《ひと》の頭《あたま》の上《うえ》の(2)後光《ごこう》が見《み》えないのだ。悪《わる》い事《こと》をしたものなら頭《あたま》の

（1）海《うみ》に住《す》んでいる蛇《へび》。（2）尊《とうと》い人《ひと》（特《とく》に仏様《ほとけさま》）の体《からだ》から発《はっ》せされる光《ひかり》。

上《うえ》に黒《くろ》い影法師《かげぼうし》が口《くち》をあいているからすぐわかる。お星様方《ほしさまがた》。こちらへおいで下《くだ》さい。王《おう》の所《ところ》へご案内申《あんないもう》し上《あ》げましょう。おい、ひとで。あかりをともせ。こら、くじら。あんまり暴《あば》れてはいかんぞ」

くじらが頭《あたま》をかいて平伏《へいふく》しました。

驚《おどろ》いた事《こと》には赤《あか》い光《ひかり》のひとでが幅《はば》のひろい二列《にれつ》にぞろっとならんで、ちょうど街道《かいどう》のあかりのようです。

「さあ、参《まい》りましょう」

海蛇《うみへび》は白髪《はくはつ》を振《ふ》ってうやうやしく(1)中《もう》しました。二人《ふたり》はそれに続《つづ》いてひとでの間《あいだ》を通《とお》りました。まもなく青黒《あおぐろ》い水《みず》あかりの中《なか》に大《おお》きな白《しろ》い城《しろ》の門《もん》があって、その戸《と》がひとりでに開《ひら》いて中《なか》からたくさんの立派《りっぱ》な海蛇《うみへび》が出《で》て参《まい》りました。そして双子《ふたご》のお星様《ほしさま》たちは海蛇《うみへび》の王《おう》様《さま》の前《まえ》にみちびかれました。王様《おうさま》は白《しろ》い長《なが》いひげの生《は》えた老人《ろうじん》で、にこにこわらって言《い》いました。

「あなた方《がた》はチュンセ童子《どうじ》にポウセ童子《どうじ》。よく存《ぞん》じております。あなた方《がた》が前《まえ》に、あの空《そら》

(1) 丁寧《ていねい》で礼儀正《れいぎただ》しく。

のさそりの悪《わる》い心《こころ》を命《いのち》がけでお直《なお》しになった話《はなし》はここへも伝《つた》わっております。私《わたし》はそれをこちらの小学校《しょうがっこう》(1)の読本《とくほん》にも入《い》れさせました。さて今度《こんど》はとんだ災難《さいなん》で(2)さだめしびっくりなさったでしょう」

チュンセ童子《どうじ》が申《もう》しました。

「これはおことば誠《まこと》に恐《おそ》れ入《い》ります。私《わたくし》どもはもう天上《てんじょう》にも帰《かえ》れませんし、できます事《こと》ならこちらでなんなり、皆様《みなさま》のお役《やく》に立《た》ちたいと存《ぞん》じます」

王《おう》が言《い》いました。

「いやいや、そのごけんそん(3)は恐《おそ》れ入《い》ります。早速《さっそく》竜巻《たつまき》に言《い》いつけて天上《てんじょう》にお送《おく》りいたしましょう。お帰《かえ》りになりましたら、あなたの王様《おうさま》に海蛇《うみへび》めがよろしく申《もう》し上《あ》げたとおっしやって下《くだ》さい」

ポウセ童子《どうじ》がよろこんで申《もう》しました。

「それでは王様《おうさま》は私《わたくし》どもの王様《おうさま》をご存《ぞん》じでいらっしゃいますか」

王《おう》はあわてていすを下《くだ》って申《もう》しました。

(1) 読《よ》み物《もの》の本《ほん》。教科書《きょうかしょ》・入門書《にゅうもんしょ》。(2) おそらく。さぞかし。(3) 控《ひか》え目《め》な態度《たいど》をとること。

「いいえ、それどころではございません。王様《おうさま》はこの私《わたし》のただ一人《ひとり》の王《おう》でございます。遠《とお》いむかしから私《わたくし》めの先生《せんせい》でございます。私《わたし》はあのお方《かた》のおろかなしもべでございます。いや、まだおわかりになりますまい。けれどもやがておわかりでございましょう。それでは夜《よ》の明《あ》けないうちに竜巻《たつまき》にお伴《とも》いたさせます。これ、これ。支度《したく》はいいか」

一匹《いっぴき》のけらいの海蛇《うみへび》が、

「はい、ご門《もん》の前《まえ》にお待《ま》ちいたしております」と答《こた》えました。

二人《ふたり》はていねいに王《おう》におじぎをいたしました。

「それでは王様《おうさま》、ごきげんよろしゅう。いずれ改《あらた》めて空《そら》からお礼《れい》を申《もう》し上《あ》げます。このお宮《みや》のいつまでも栄《さか》えますよう」

王《おう》は立《た》って言《い》いました。

「あなた方《がた》もどうかますます立派《りっぱ》にお光《ひか》り下《くだ》さいますよう。それではごきげんよろしゅう」

けらいたちが一度《いちど》にうやうやしくおじぎをしました。

童子《どうじ》たちは門《もん》の外《そと》に出《で》ました。

竜巻《たつまき》が銀《ぎん》のとぐろを巻《ま》いて寝《ね》ています。

一人《ひとり》の海蛇《うみへび》が二人《ふたり》をその頭《あたま》にのせました。

二人《ふたり》はその角《つの》に取《と》りつきました。

その時赤《ときあか》い光《ひかり》のひとでがたくさん出《で》て来《き》て叫《さけ》びました。

「さよなら、どうか空《そら》の王様《おうさま》によろしく。私《わたくし》どももいつか許《ゆる》されますようお願《ねが》いいたします」

二人《ふたり》は一緒《いっしょ》に言《い》いました。

「きっとそう申《もう》し上《あ》げます。やがて空《そら》でまたお目《め》にかかりましょう」

竜巻《たつまき》がそろりそろりと立《た》ちあがりました。

「さよなら、さよなら」

竜巻《たつまき》はもう頭《あたま》をまっ黒《くろ》な海《うみ》の上《うえ》に出《だ》しました。と思《おも》うと急《きゅう》にバリバリバリッと激《はげ》しい音《おと》がして、竜巻《たつまき》は水《みず》と一緒《いっしょ》に矢《や》のように高《たか》く高《たか》くはせのぼりました。

まだ夜《よ》が明《あ》けるのに余程間《よほどあいだ》があります。天《あま》の川《がわ》がずんずん近《ちか》くなります。二人《ふたり》のお宮《みや》がもうはっきり見《み》えます。

「ちょっとあれをごらんなさい」と闇《やみ》の中《なか》で竜巻《たつまき》が申《もう》しました。

見《み》るとあの大《おお》きな青白《あおじろ》い光《ひか》りの彗星《ほうきぼし》はばらばらに分《わ》かれてしまって、頭《あたま》も尾《お》も胴《どう》も別々《べつべつ》にきちがいのようなすごい声《こえ》をあげガリガリ光《ひか》ってまっ黒《くろ》な海《うみ》の中《なか》に落《お》ちて行《い》きます。

「あいつはなまこになりますよ」と竜巻《たつまき》が静《しず》かに言《い》いました。

もう空《そら》の星《ほし》めぐりの歌《うた》が聞《きこ》えます。

そして童子《どうじ》たちはお宮《みや》につきました。

竜巻《たつまき》は二人《ふたり》をおろして、

「さよなら、ごきげんよろしゅう」と言《い》いながら風《かぜ》のように海《うみ》に帰《かえ》って行《い》きました。

双子《ふたご》のお星様《ほしさま》はめいめいのお宮《みや》に昇《のぼ》りました。そしてきちんと座《すわ》って見《み》えない空《そら》の王様《おうさま》に申《もう》しました。

「私《わたくし》どもの不注意《ふちゅうい》からしばらく役目《やくめ》を欠《か》かしまして、お申《もう》し訳《わけ》ございません。それにもかかわらず今晩《こんばん》はおめぐみによりまして不思議《ふしぎ》に助《たす》かりました。海《うみ》の王様《おうさま》がたくさんの尊《そん》敬《けい》をお伝《つた》えしてくれと申《もう》されました。それから海《うみ》の底《そこ》のひとでがお慈悲《じひ》を願《ねが》いました。また私《わたくし》どもから申し上《あ》げますが、なまこも、もしできますならお許《ゆる》しを願《ねが》いとう存《ぞん》じます」

そして二人《ふたり》は銀笛《ぎんてき》を取《と》り上《あ》げました。

東《ひがし》の空《そら》が黄金色《きんいろ》になり、もう夜明《よあ》けに間《ま》もありません。

よだかの星《ほし》

（1）よだかは、実《じつ》にみにくい鳥《とり》です。
顔《かお》は、ところどころ、みそをつけたようにまだらで、くちばしは、ひらたくて、耳《みみ》までさけています。

足《あし》は、まるでよぼよぼで、（2）一間《いっけん》とも歩《ある》けません。

ほかの鳥《とり》は、もう、よだかの顔《かお》を見《み》ただけでも、いやになってしまうという具合《ぐあい》でした。

たとえば、ひばりも、あまり美《うつく》しい鳥《とり》ではありませんが、よだかよりは、ずっと上《うえ》だと思《おも》っていましたので、夕方《ゆうがた》など、よだかにあうと、（3）さもさもいやそうに、（4）しんねりと目《め》を

（1）おもに夜《よる》に活動《かつどう》し、虫《むし》を食《た》べる鳥《とり》。（2）昔《むかし》の長《なが》さの単位《たんい》。約《やく》1・8メートル。（3）いかにも。（4）はきはきしない様子《ようす》。

つぶりながら、首《くび》をそっぽへ向《む》けるのでした。もっとちいさなおしゃべりの鳥《とり》などは、いつでもよだかのまっこうから悪口《わるぐち》をしました。

「ヘン。また出《で》て来《き》たね。まあ、あのざまをごらん。ほんとうに、鳥《とり》の仲間《なかま》のつらよごしだよ」

「ね、まあ、あのくちのおおきいことさ。きっと、かえるの親類《しんるい》か何《なに》かなんだよ」

こんな調子《ちょうし》です。おお、よだかでないただのたかならば、こんな生《なま》はんかのちいさい鳥《とり》は、もう名前《なまえ》を聞《き》いただけでも、ぶるぶるふるえて、顔色《かおいろ》を変《か》えて、からだをちぢめて、木《こ》の葉《は》のかげにでもかくれたでしょう。ところがよだかは、ほんとうはたかの兄弟《きょうだい》でも親《しん》類《るい》でもありませんでした。かえって、よだかは、あの美《うつく》しいかわせみや、鳥《とり》の中《なか》の宝石《ほうせき》のような(1)蜂《はち》すずめの兄《にい》さんでした。蜂《はち》すずめは花《はな》の蜜《みつ》をたべ、かわせみはお魚《さかな》を食《た》べ、よだかは羽虫《はむし》をとってたべるのでした。それによだかには、するどい爪《つめ》もするどいくちばしもありませんでしたから、どんなに弱《よわ》い鳥《とり》でも、よだかをこわがるはずはなかったのです。

それなら、たかという名《な》のついたことは不思議《ふしぎ》なようですが、これは、一《ひと》つはよだかの

(1) はちどりのこと。鳥《とり》の中《なか》でいちばん小《ちい》さい種類《しゅるい》。

はねがむやみに強《つよ》くて、風《かぜ》を切《き》ってかけるときなどは、まるでたかのように見《み》えたことと、も一《ひと》つはなきごえがするどくて、やはりどこかたかに似《に》ていたためです。もちろん、たかは、これをひじょうに気《き》にかけて、いやがっていました。それですから、よだかの顔《かお》さえ見《み》ると、肩《かた》をいからせて、早《はや》く名前《なまえ》をあらためろ、名前《なまえ》をあらためろと、いうのでした。

ある夕方《ゆうがた》、とうとう、たかがよだかのうちへやって参《まい》りました。

「おい。いるかい。まだお前《まえ》は名前《なまえ》をかえないのか。ずいぶんお前《まえ》も恥知《はじし》らずだな。お前《まえ》とおれでは、よっぽど人格《じんかく》がちがうんだよ。たとえばおれは、青《あお》い空《そら》をどこまででも飛《と》んで行《い》く。おまえは、曇《くも》ってうすぐらい日《ひ》か、夜《よる》でなくちゃ、出《で》て来《こ》ない。それから、おれのくちばしやつめを見《み》ろ。そして、よくお前《まえ》のとくらべて見《み》るがいい」

「たかさん。それはあんまり無理《むり》です。私《わたし》の名前《なまえ》は私《わたし》が勝手《かって》につけたのではありません。神《かみ》さまから下《くだ》さったのです」

「いいや。おれの名《な》なら、神《かみ》さまからもらったのだといってもよかろうが、お前《まえ》のは、いわば、おれと夜《よる》と、両方《りょうほう》から借《か》りてあるんだ。さあ返《かえ》せ」

「たかさん。それは無理《むり》です」

「無理《むり》じゃない。おれがいい名《な》を教《おし》えてやろう。市蔵《いちぞう》というんだ。市蔵《いちぞう》とな。いい名《な》だろう。そこで、名前《なまえ》を変《か》えるには、改名《かいめい》の披露《ひろう》というものをしないといけない。いいか。それはな、首《くび》へ市蔵《いちぞう》と書《か》いたふだをぶらさげて、私《わたし》は以来《いらい》、市蔵《いちぞう》と申《もう》しますと、(1)口上《こうじょう》をいって、みんなの所《ところ》をおじぎしてまわるのだ」

「そんなことはとても出来《でき》ません」

「いいや。出来《でき》る。そうしろ。もしあさってての朝《あさ》までに、お前《まえ》がそうしなかったら、もうすぐ、つかみ殺《ころ》すぞ。つかみ殺《ころ》してしまうから、そう思《おも》え。おれはあさってての朝早《あさはや》く、鳥《とり》のうちを一軒《いっけん》ずつまわって、お前《まえ》が来《き》たかどうかを聞《き》いてあるく。一軒《いっけん》でも来《こ》なかったという家《いえ》があったら、もう貴様《きさま》もその時《とき》がおしまいだぞ」

「だってそれはあんまり無理《むり》じゃありませんか。そんなことをする位《くらい》なら、私《わたし》はもう死《し》んだ方《ほう》がましです。今《いま》すぐ殺《ころ》して下《くだ》さい」

「まあ、よく、あとで考《かんが》えてごらん。市蔵《いちぞう》なんてそんなにわるい名《な》じゃないよ」

たかは大《おお》きなはねをいっぱいにひろげて、自分《じぶん》の巣《す》の方《ほう》へ飛《と》んで帰《かえ》って行《い》きました。

よだかは、じっと目《め》をつぶって考《かんが》えました。

(1) 口《くち》でいうこと。説明《せつめい》などを述《の》べること。

（いったい僕《ぼく》は、なぜこうみんなにいやがられるのだろう。僕《ぼく》の顔《かお》は、みそをつけたようで、口《くち》は裂《さ》けてるからなあ。それだって、僕《ぼく》は今《いま》まで、なんにも悪《わる》いことをしたことがない。赤《あか》ん坊《ぼう》のめじろが巣《す》から落《お》ちていたときは、助《たす》けて巣《す》へ連《つ》れて行《い》ってやった。そしたらめじろは、赤《あか》ん坊《ぼう》をまるでぬす人《びと》からでもとりかえすように僕《ぼく》からひきはなしたんだなあ。それからひどく僕《ぼく》を笑《わら》ったっけ。それにああ、今度《こんど》は市蔵《いちぞう》だなんて、首《くび》へふだをかけるなんて、つらいはなしだなあ）

あたりは、もううすくらくなっていました。よだかは巣《す》から飛《と》び出《だ》しました。雲《くも》が意地《いじ》悪《わる》く光《ひか》って、低《ひく》くたれています。よだかはまるで雲《くも》とすれすれになって、音《おと》なく空《そら》を飛《と》びまわりました。

それからにわかによだかは口《くち》を大《おお》きくひらいて、はねをまっすぐに張《は》って、まるで矢《や》のように空《そら》をよこぎりました。小《ちい》さな羽虫《はむし》が幾匹《いくひき》も幾匹《いくひき》もそののどにはいりました。

からだがつちにつくかつかないうちに、よだかはひらりとまた空《そら》へはねあがりました。もう雲《くも》はねずみ色《いろ》になり、向《む》こうの山《やま》には山焼《やまや》けの火《ひ》がまっ赤《か》です。

よだかが思《おも》い切《き》って飛《と》ぶときは、空《そら》がまるで二《ふた》つに切《き》れたように思《おも》われます。一匹《いっぴき》のかぶとむしが、よだかののどにはいって、ひどくもがきました。よだかはすぐそれをのみこみましたが、その時《とき》なんだかせなかがぞっとしたように思《おも》いました。

雲《くも》はもうまっくろく、東《ひがし》の方《ほう》だけ山焼《やまや》けの火《ひ》が赤《あか》くうつって、恐《おそ》ろしいようです。よだかはむねがつかえたように思《おも》いながら、また空《そら》へのぼりました。

また一匹《いっぴき》のかぶとむしが、よだかののどに、はいりました。そしてまるでよだかののどをひっかいてばたばたしました。よだかはそれを無理《むり》にのみこんでしまいましたが、その時《とき》、急《きゅう》に胸《むね》がどきっとして、よだかは大声《おおごえ》をあげて泣《な》き出《だ》しました。泣《な》きながらぐるぐるぐるぐる空《そら》をめぐったのです。

（ああ、かぶとむしや、たくさんの羽虫《はむし》が、毎晩僕《まいばんぼく》に殺《ころ》される。そしてそのただ一《ひと》つの僕《ぼく》がこんどはたかに殺《ころ》される。それがこんなにつらいのだ。ああ、つらい、つらい。僕《ぼく》はもう虫《むし》をたべないで飢《う》えて死《し》のう。いやその前《まえ》に、もうたかが僕《ぼく》を殺《ころ》すだろう。いや、その前《まえ》に、僕《ぼく》は遠《とお》くの遠《とお》くの空《そら》の向《む》こうに行《い》ってしまおう）

山焼《やまや》けの火《ひ》は、だんだん水《みず》のように流《なが》れてひろがり、雲《くも》も赤《あか》く燃《も》えているようです。

よだかはまっすぐに、弟《おとうと》のかわせみの所《ところ》へ飛《と》んで行《い》きました。きれいなかわせみも、ちょうど起《お》きて遠《とお》くの山火事《やまかじ》を見《み》ていたところでした。そしてよだかの降《お》りて来《き》たのを見《み》ていいました。

「兄《にい》さん。今晩《こんばん》は。なにか急《きゅう》のご用《よう》ですか」

「いいや、僕《ぼく》は今度《こんど》遠《とお》い所《ところ》へ行《い》くからね、その前《まえ》ちょっとお前《まえ》に会《あ》いに来《き》たよ」

「兄《にい》さん。行《い》っちゃいけませんよ。蜂《はち》すずめもあんな遠《とお》くにいるんですし、僕《ぼく》ひとりぼっちになってしまうじゃありませんか」

「それはね。どうも仕方《しかた》ないのだ。もう今日《きょう》はなにもいわないでくれ。そしてお前《まえ》もね、どうしてもとらなければならない時《とき》のほかは、いたずらにお魚《さかな》をとったりしないようにしてくれ。ね、さよなら」

「兄《にい》さん。どうしたんです。まあ、もうちょっとお待《ま》ちなさい」

「いや、いつまでいてもおんなじだ。蜂《はち》すずめへ、あとでよろしくいってやってくれ。さよなら。もう会《あ》わないよ。さよなら」

よだかは泣《な》きながら自分《じぶん》のお家《うち》へ帰《かえ》って参《まい》りました。みじかい夏《なつ》の夜《よる》はもう明《あ》けかかっていました。

しだの葉《は》は、よあけの霧《きり》を吸《す》って、青《あお》くつめたくゆれました。よだかは高《たか》くきしきしと鳴《な》きました。そして巣《す》の中《なか》をきちんとかたづけ、きれいにからだ中《じゅう》のはねや毛《け》をそろえて、また巣《す》から飛《と》び出《だ》しました。

霧《きり》がはれて、お日《ひ》さまがちょうど東《ひがし》からのぼりました。よだかはぐらぐらするほどまぶしいのをこらえて、矢《や》のように、そっちへ飛《と》んで行《い》きました。

「お日《ひ》さん、お日《ひ》さん。どうぞ私《わたし》をあなたの所《ところ》へ連《つ》れてって下《くだ》さい。やけて死《し》んでもかまいません。私《わたし》のようなみにくいからだでも、やけるときには小《ちい》さなひかりを出《だ》すでしょう。どうか私《わたし》を連《つ》れてって下《くだ》さい」

行《い》っても行《い》っても、お日《ひ》さまは近《ちか》くなりませんでした。かえってだんだん小《ちい》さく遠《とお》くなりながらお日《ひ》さまがいいました。

「お前《まえ》はよだかだな。なるほど、ずいぶんつらかろう。今度《こんど》空《そら》を飛《と》んで、星《ほし》にそうたのんでごらん。お前《まえ》はひるの鳥《とり》ではないのだからな」

よだかはおじぎを一《ひと》つしたと思《おも》いましたが、急《きゅう》にぐらぐらしてとうとう野原《のはら》の草《くさ》の上《うえ》に落《お》ちてしまいました。そしてまるで夢《ゆめ》を見《み》ているようでした。からだがずうっと赤《あか》や黄《き》の星《ほし》のあいだをのぼって行《い》ったり、どこまでも風《かぜ》に飛《と》ばされたり、またたかが来《き》て、からだをつかんだりしたようでした。

つめたいものがにわかに(1)顔《かお》に落《お》ちました。よだかは目《め》をひらきました。一本《いっぽん》の若《わか》いすす

(1) 急《きゅう》に。

きの葉《は》から露《つゆ》がしたたったのでした。もうすっかり夜《よる》になって、空《そら》は青《あお》ぐろく、一面《いちめん》の星《ほし》がまたたいていました。よだかは空《そら》へ飛《と》びあがりました。今夜《こんや》も山焼《やまや》けの火《ひ》はまっかです。よだかはその火《ひ》のかすかな照《て》りと、つめたい星《ほし》あかりの中《なか》を飛《と》びめぐりました。それからもう一《いっ》ぺん飛《と》びめぐりました。そして思《おも》い切《き》って西《にし》の空《そら》のあの美《うつく》しいオリオンの星《ほし》の方《ほう》に、まっすぐに飛《と》びながら叫《さけ》びました。

「お星《ほし》さん。西《にし》の青《あお》じろいお星《ほし》さん。どうか私《わたし》をあなたのところへ連《つ》れてって下《くだ》さい。やけて死《し》んでもかまいません」

オリオンは勇《いさ》ましい歌《うた》をつづけながら、よだかなどはてんで相手《あいて》にしませんでした。よだかは泣《な》きそうになって、よろよろと落《お》ちて、それからやっとふみとまって、もう一《いっ》ぺん飛《と》びめぐりました。それから、南《みなみ》の大犬座《おおいぬざ》の方《ほう》へまっすぐに飛《と》びながら叫《さけ》びました。

「お星《ほし》さん。南《みなみ》の青《あお》いお星《ほし》さん。どうか私《わたし》をあなたの所《ところ》へ連《つ》れてって下《くだ》さい。やけて死《し》んでもかまいません」

大犬《おおいぬ》は青《あお》や紫《むらさき》や黄《き》や美《うつく》しくせわしくまたたきながらいいました。

「馬鹿《ばか》をいうな。おまえなんかいったいどんなものだい。たかが鳥《とり》じゃないか。おまえのはねでここまで来《く》るには、億年兆年億兆年《おくねんちょうねんおくちょうねん》だ」

そしてまた別《べつ》の方《ほう》を向《む》きました。

よだかはがっかりして、よろよろ落《お》ちて、それからまた二《に》へん飛《と》びめぐりました。それからまた思《おも》い切《き》って北《きた》の大熊星《おおぐまぼし》の方《ほう》へまっすぐに飛《と》びながら叫《さけ》びました。

「北《きた》の青《あお》いお星《ほし》さま、あなたの所《ところ》へどうか私《わたし》を連《つ》れてって下《くだ》さい」

大熊星《おおぐまぼし》はしずかにいいました。

「余計《よけい》なことを考《かんが》えるものではない。少《すこ》し頭《あたま》をひやして来《き》なさい。そういうときは、氷山《ひょうざん》の浮《う》いている海《うみ》の中《なか》へ飛《と》び込《こ》むか、近《ちか》くに海《うみ》がなかったら、氷《こおり》を浮《う》かべたコップの水《みず》の中《なか》へ飛《と》び込《こ》むのが(1)一等《いっとう》だ」

よだかはがっかりして、よろよろ落《お》ちて、それからまた、四《よん》へん空《そら》をめぐりました。そしてもう一度《いちど》、東《ひがし》から今《いま》のぼった天《あま》の川《がわ》の向《む》こう岸《ぎし》のわしの星《ほし》に叫《さけ》びました。

「東《ひがし》の白《しろ》いお星《ほし》さま、どうか私《わたし》をあなたの所《ところ》へ連《つ》れてって下《くだ》さい。やけて死《し》んでもかまいません」

わしは(2)大風《おおふう》にいいました。

(1)一番《いちばん》だ。(2)えらそうに。

「いいや、とてもとても、話《はなし》にもなんにもならん。星《ほし》になるには、それ相応《そうおう》の身分《みぶん》でなくちゃいかん。またよほど金《かね》もいるのだ」

よだかはもうすっかり力《ちから》を落《お》としてしまって、はねを閉《と》じて、地《ち》に落《お》ちて行《い》きました。そしてもう一尺《(1)いっしゃく》で地面《じめん》にその弱《よわ》い足《あし》がつくというとき、よだかはにわかにのろしのように空《そら》へ飛《と》びあがりました。空《そら》のなかほどへ来《き》て、よだかはまるでわしが熊《くま》を襲《おそ》うときするように、ぶるっとからだをゆすって毛《け》をさかだてました。

それからキシキシキシキシキシッと高《たか》く高《たか》く叫《さけ》びました。その声《こえ》はまるでたかでした。野原《のはら》や林《はやし》にねむっていたほかの鳥《とり》は、みんな目《め》をさまして、ぶるぶるふるえながら、いぶかしそうに星空《ほしぞら》を見《み》あげました。

よだかは、どこまでも、どこまでも、まっすぐに空《そら》へのぼって行《い》きました。もう山焼《やまや》けの火《ひ》はたばこの吸殻《すいがら》のくらいにしか見《み》えません。よだかはのぼってのぼって行《い》きました。寒《さむ》さにいきは、むねに白《しろ》く凍《こお》りました。空気《くうき》がうすくなったために、はねをそれはそれはせわしくうごかさなければなりませんでした。

(1) 長《なが》さの単位《たんい》。1尺《しゃく》は約《やく》3分《ぶん》の1メートル。

それだのに、ほしの大《おお》きさは、さっきと少《すこ》しも変《か》わりません。つくいきは(1)ふいごのようです。寒《さむ》さや霜《しも》がまるで剣《つるぎ》のようによだかを刺《さ》しました。よだかははねがすっかりしびれてしまいました。そしてなみだぐんだ目《め》をあげて、もう一《いっ》ぺん空《そら》を見《み》ました。そうです。これがよだかの最後《さいご》でした。もうよだかは落《お》ちているのか、のぼっているのか、さかさになっているのか、上《うえ》を向《む》いているのかも、わかりませんでした。ただこころもちはやすらかに、その血《ち》のついた大《おお》きなくちばしは、横《よこ》にまがってはいましたが、たしかに少《すこ》しわらっておりました。

それからしばらくたって、よだかははっきりまなこをひらきました。そして自分《じぶん》のからだがいま(2)燐《りん》の火《ひ》のような青《あお》い美《うつく》しい光《ひかり》になって、しずかに燃《も》えているのを見《み》ました。

すぐとなりは、カシオピア座《ざ》でした。天《あま》の川《がわ》の青《あお》じろいひかりが、すぐうしろになっていました。

そしてよだかの星《ほし》は燃《も》えつづけました。いつまでもいつまでも燃《も》えつづけました。

今《いま》でもまだ燃《も》えています。

（1）空気《くうき》を送《おく》り込《こ》む道具《どうぐ》。ここでは息《いき》の激《はげ》しさの例《たと》え。（2）沼《ぬま》や沢《さわ》で自然《しぜん》に燃《も》える火《ひ》。鬼火《おにび》とも呼《よ》ぶ。

土《つち》神《がみ》ときつね

（一）

一本木《いっぽんぎ》の野原《のはら》の、北《きた》のはずれに、少《すこ》し小高《こだか》く盛《も》りあがった所《ところ》がありました。いのころぐさ(1)がいっぱいに生《は》え、そのまん中《なか》には一本《いっぽん》のきれいな女《おんな》のかば(2)の木《き》がありました。

それはそんなに大《おお》きくはありませんでしたが幹《みき》はてかてか黒《くろ》く光《ひか》り、枝《えだ》は美《うつく》しく伸《の》びて、五月《ごがつ》には白《しろ》い花《はな》を雲《くも》のようにつけ、秋《あき》は黄金《おうごん》や紅《あか》やいろいろの葉《は》を降《ふ》らせました。

ですから渡《わた》り鳥《どり》のかっこうやもず(3)も、また小《ちい》さなみそさざい(4)やめじろ(5)も、みんなこの木《き》に止《と》まりました。ただもしも若《わか》いたかなどが来《き》ているときは、小《ちい》さな鳥《とり》は遠《とお》くからそれを

（1）ネコジャラシとも呼《よ》ばれる雑草《ざっそう》。（2）白《しら》かば。薄《うす》い樹皮《じゅひ》が独特《どくとく》な木《き》。（3）（4）（5）それぞれ鳥《とり》の種類《しゅるい》の名前《なまえ》。

見《み》つけて決《けっ》して近《ちか》くへ寄《よ》りませんでした。

この木《き》に二人《ふたり》の友達《ともだち》がありました。一人《ひとり》はちょうど、五百歩《ごひゃっぽ》ばかり離《はな》れたぐちゃぐちゃの谷地《やち》の中《なか》に住《す》んでいる土神《つちがみ》で、一人《ひとり》はいつも野原《のはら》の南《みなみ》の方《ほう》からやって来《く》る茶《ちゃ》いろのきつねだったのです。

かばの木《き》はどちらかといえばきつねの方《ほう》がすきでした。なぜなら土神《つちがみ》の方《ほう》は神《かみ》という名《な》こそついてはいましたが、ごく乱暴《らんぼう》で髪《かみ》もぼろぼろの(1)木綿糸《もめんいと》の束《たば》のよう、眼《め》も赤《あか》く、きものだってまるでわかめに似《に》、いつもはだしで爪《つめ》も黒《くろ》く長《なが》いのでした。ところがきつねの方《ほう》はたいへんに上品《じょうひん》な風《ふう》で滅多《めった》に人《ひと》を怒《おこ》らせたり気《き》にさわるようなことをしなかったのです。

ただもしよくよくこの二人《ふたり》をくらべて見《み》たら土神《つちがみ》の方《ほう》は正直《しょうじき》で、きつねは少《すこ》し不正直《ふしょうじき》だったかも知《し》れません。

(二)

夏《なつ》のはじめのある晩《ばん》でした。かばには新《あたら》しい柔《やわ》らかな葉《は》がいっぱいについて、いいかお

(1) 綿花《めんか》を紡《つむ》いで作《つく》った糸《いと》。

りがそこら中《じゅう》いっぱい、空《そら》にはもう天《あま》の川《がわ》がしらしらと渡《わた》り、星《ほし》はいちめんふるえたりゆれたり灯《とも》ったり消《き》えたりしていました。

その下《した》をきつねが詩集《ししゅう》をもって遊《あそ》びに行《い》ったのでした。(1)仕立《した》ておろしの紺《こん》の背広《せびろ》を着《き》、(2)赤革《あかがわ》の靴《くつ》もキッキッと鳴《な》ったのです。

「実《じつ》にしずかな晩《ばん》ですねえ」

「ええ」

かばの木《き》はそっと返事《へんじ》をしました。

「さそりぼしが向《む》こうをはっていますね。あの赤《あか》い大《おお》きなやつを、昔《むかし》(3)は支那《しな》では火《か》と言《い》ったんですよ」

「火星《かせい》とはちがうんでしょうか」

「火星《かせい》とはちがいますよ。火星《かせい》は惑星《わくせい》ですね、ところがあいつは立派《りっぱ》な恒星《こうせい》なんです」

「惑星《わくせい》、恒星《こうせい》ってどういうんですの」

「惑星《わくせい》というのはですね、自分《じぶん》で光《ひか》らないやつです。つまりほかから光《ひかり》を受《う》けてやっと光《ひか》

(1) 仕立《した》て上《あ》げたばかりの衣服《いふく》。(2) 赤《あか》く染《そ》めたなめし革《かわ》。(3) 中国《ちゅうごく》の昔《むかし》の呼《よ》び名《な》。

るように見《み》えるんです。恒星《こうせい》の方《ほう》は自分《じぶん》で光《ひか》るやつなんです。お日《ひ》さまなんかはもちろん恒星《こうせい》ですね。あんなに大《おお》きくてまぶしいんですが、もし途方《とほう》もない遠《とお》くから見《み》たらやっぱり小《ちい》さな星《ほし》に見《み》えるんでしょうね」

「まあ、お日《ひ》さまも星《ほし》のうちだったんですわね。そうして見《み》ると空《そら》にはずいぶんたくさんのお日《ひ》さまが、あら、お星《ほし》さまが、あらやっぱり変《へん》だわ、お日《ひ》さまがあるんですね」

きつねはおうように(1)笑《わら》いました。

「まあそうです」

「お星《ほし》さまにはどうして、ああ赤《あか》いのや黄《き》のや緑《みどり》のやあるんでしょうね」

きつねはまたおうように笑《わら》って腕《うで》を高《たか》く組《く》みました。詩集《ししゅう》はぷらぷらしましたが、なかなかそれで落《お》ちませんでした。

「星《ほし》に橙《だいだい》や青《あお》やいろいろある訳《わけ》ですか。それはこうです。全体星《ぜんたいぼし》というものははじめはぼんやりした雲《くも》のようなもんだったんです。いまの空《そら》にもたくさんあります。たとえばアンドロメダにもオリオンにも猟犬座《りょうけんざ》にもみんなあります。猟犬座《りょうけんざ》のは渦巻《うずま》きです。それから

(1) おおらかでゆったりとした態度《たいど》。

(1)環状星雲《リングネビュラ》というのもあります。魚《さかな》の口《くち》の形《かたち》ですから魚口星雲《フィッシュマウスネビュラ》とも言《い》いますね。そんなのが今《いま》の空《そら》にもたくさんあるんです」

「まあ、あたしいつか見《み》たいわ。魚《さかな》の口《くち》の形《かたち》の星《ほし》だなんて、まあどんなに立派《りっぱ》でしょう」

「それは立派《りっぱ》ですよ。僕《ぼく》、(2)水沢《みずさわ》の天文台《てんもんだい》で見《み》ましたがね」

「まあ、あたしも見《み》たいわ」

「見《み》せてあげましょう。僕《ぼく》、実《じつ》は望遠鏡《ぼうえんきょう》をドイツの(3)ツァイスに注文《ちゅうもん》してあるんです。来年《らいねん》の春《はる》までには来《き》ますから、来《き》たらすぐ見《み》せてあげましょう」

きつねは思《おも》わずこう言《い》ってしまいました。そしてすぐ考《かんが》えたのです。ああ僕《ぼく》はたった一人《ひとり》のお友達《ともだち》にまたつい偽《うそ》を言《い》ってしまった。ああ僕《ぼく》は本当《ほんとう》にだめなやつだ。けれども決《けっ》して悪《わる》い気《き》で言《い》ったんじゃない。よろこばせようと思《おも》って言《い》ったんだ。あとですっかり本当《ほんとう》のことを言《い》ってしまおう、きつねはしばらくしんとしながらこう考《かんが》えていたのでした。

かばの木《き》はそんなことも知《し》らないでよろこんで言《い》いました。

（1）琴座《ことざ》にある惑星状《わくせいじょう》の星雲《せいうん》。（2）岩手県水沢《いわてけんみずさわ》にあった緯度観測所《いどかんそくじょ》。（3）天体望遠鏡《てんたいぼうえんきょう》などを製造《せいぞう》していたドイツのカール・ツァイス社《しゃ》のこと。

「まあ嬉《うれ》しい。あなた本当《ほんとう》にいつでも親切《しんせつ》だわ」

きつねは少《すこ》ししょげながら答《こた》えました。

「ええ、そして僕《ぼく》はあなたのためならば、ほかのどんなことでもやりますよ。この詩集《ししゅう》、ごらんなさいませんか。(1)ハイネという人《ひと》のですよ。翻訳《ほんやく》ですけれどもなかなかよくできてるんです」

「まあ、お借《か》りしていいんでしょうかしら」

「構《かま》いませんとも。どうかゆっくりごらんなすって。じゃ僕《ぼく》もう失礼《しつれい》します。はてな、なにか言《い》い残《のこ》したことがあるようだ」

「お星《ほし》さまのいろのことですわ」

「ああそうそう、だけどそれは今度《こんど》にしましょう。僕《ぼく》あんまり永《なが》くおじゃましちゃいけないから」

「あら、いいんですよ」

「僕《ぼく》また来《き》ますから、じゃさよなら。本《ほん》はあげてきます。じゃ、さよなら」

(1) 19世紀《せいき》に活躍《かつやく》したドイツの詩人《しじん》、ハインリヒ・ハイネ。

きつねはいそがしく帰《かえ》って行《い》きました。そしてかばの木《き》はその時《とき》吹《ふ》いて来《き》た南風《みなみかぜ》にざわざわ葉《は》を鳴《な》らしながら、きつねの置《お》いて行《い》った詩集《ししゅう》をとりあげて天《あま》の川《がわ》やそらいちめんの星《ほし》から来《く》るかすかなあかりにすかしてページを繰《く》りました。そのハイネの詩集《ししゅう》には(1)ロウレライやさまざま美《うつく》しい歌《うた》がいっぱいにあったのです。そしてかばの木《き》は一晩中《ひとばんじゅう》よみ続《つづ》けました。ただその野原《のはら》の三時《さんじ》すぎ、東《ひがし》から(2)金牛宮《きんぎゅうきゅう》ののぼるころ、少《すこ》しとろとろしただけでした。

夜《よ》があけました。太陽《たいよう》がのぼりました。

草《くさ》には露《つゆ》がきらめき花《はな》はみな力《ちから》いっぱい咲《さ》きました。

その東北《とうほく》の方《ほう》から、とけた銅《どう》の汁《しる》をからだ中《じゅう》にかぶったように朝日《あさひ》をいっぱいに浴《あ》びて、土神《つちがみ》がゆっくりゆっくりやって来《き》ました。いかにも分別《ふんべつ》くさそうに腕《うで》をこまねきながらゆっくりゆっくりやって来《き》たのでした。

かばの木《き》はなんだか少《すこ》し困《こま》ったように思《おも》いながら、それでも青《あお》い葉《は》をきらきらと動《うご》かして土神《つちがみ》の来《く》る方《ほう》を向《む》きました。その影《かげ》は草《くさ》に落《お》ちて、ちらちらちらちらゆれました。土神《つちがみ》

（1）ローレライ。漁師《りょうし》を歌《うた》で誘惑《ゆうわく》して破滅《はめつ》にみちびく水《みず》の精《せい》。（2）牡牛座《おうしざ》のこと。

はしずかにやって来《き》てかばの木《き》の前《まえ》に立《た》ちました。

「かばの木《き》さん。おはよう」

「おはようございます」

「わしはね、どうも考《かんが》えてみるとわからんことがたくさんある、なかなかわからんことが多《おお》いもんだね」

「まあ、どんなことでございますの」

「たとえばだね、草《くさ》というものは黒《くろ》い土《つち》から出《で》るのだがなぜこう青《あお》いもんだろう。黄《き》や白《しろ》の花《はな》さえ咲《さ》くんだ。どうもわからんねえ」

「それは草《くさ》の種子《しゅし》が青《あお》や白《しろ》をもっているためではないでございましょうか」

「そうだ。まあそう言《い》えばそうだが、それでもやっぱりわからんな。たとえば秋《あき》のきのこのようなものは種子《しゅし》もなし、まったく土《つち》の中《なか》からばかり出《で》て行《い》くもんだ、それにもやっぱり赤《あか》や黄《き》いろやいろいろある、わからんねえ」

「きつねさんにでも聞《き》いてみましたら、いかがでございましょう」

かばの木《き》はうっとり昨夜《ゆうべ》の星《ほし》のはなしを思《おも》っていましたので、ついこう言《い》ってしまいました。

このことばを聞《き》いて土神《つちがみ》はにわかに顔《かお》いろを変《か》えました。そしてこぶしを握《にぎ》りました。

「なんだ。きつね？　きつねがなにを言《い》いおった」

かばの木《き》はおろおろ声《ごえ》になりました。

「なにもおっしゃったんではございませんが、ちょっとしたらご存知《ぞんじ》かと思《おも》いましたので」

「きつねなんぞに神《かみ》が物《もの》を教《おそ》わるとはいったいなんたることだ。えい」

かばの木《き》はもうすっかり恐《こわ》くなって、ぷりぷりぷりぷりゆれました。土神《つちがみ》は歯《は》をきしきしかみながら高《たか》く腕《うで》を組《く》んでそこらを歩《ある》きまわりました。その影《かげ》はまっ黒《くろ》に草《くさ》に落《お》ち、草《くさ》も恐《おそ》れてふるえたのです。

「きつねのごときは実《じつ》に世《よ》の害悪《がいあく》だ。ただ一言《ひとこと》もまことはなく、ひきょうでおくびょうでそれに非常《ひじょう》にねたみ深《ぶか》いのだ。うぬ、畜生《ちくしょう》の分際《ぶんざい》として」

かばの木《き》はやっと気《き》をとり直《なお》して言《い》いました。

「もうあなたの方《ほう》のお祭《まつ》りも近《ちか》づきましたね」

土神《つちがみ》は少《すこ》し顔《かお》いろを和《やわ》らげました。

「そうじゃ。今日《きょう》は五月三日《ごがつみっか》、あと六日《むいか》だ」

土神《つちがみ》はしばらく考《かんが》えていましたが、にわかにまた声《こえ》をあららげました。

「しかしながら人間《にんげん》どもは(1)不届《ふとど》きだ。近頃《ちかごろ》はわしの祭《まつ》りにも(2)供物《くもつ》一《ひと》つ持《も》って来《こ》ん、おのれ、今度《こんど》わしの領分《りょうぶん》に最初《さいしょ》に足《あし》を入《い》れたものは、きっと泥《どろ》の底《そこ》に引《ひ》きずり込《こ》んでやろう」

土神《つちがみ》はまたきりきり歯《は》がみしました。

かばの木《き》はせっかくなだめようと思《おも》って言《い》ったことが、またもやかえってこんなことになったので、もうどうしたらいいかわからなくなり、ただちらちらとその葉《は》を風《かぜ》にゆすっていました。土神《つちがみ》は日光《にっこう》を受《う》けてまるで燃《も》えるようになりながら高《たか》く腕《うで》を組《く》み、キリキリ歯《は》がみをしてその辺《へん》をうろうろしていましたが、考《かんが》えれば考《かんが》えるほどなにもかもしゃくにさわって来《く》るらしいのでした。そしてとうとうこらえ切《き》れなくなって、吠《ほ》えるようになって荒々《あらあら》しく自分《じぶん》の谷地《やち》に帰《かえ》って行《い》ったのでした。

(三)

土神《つちがみ》のすんでいる所《ところ》は小《ちい》さな競馬場《けいばじょう》ぐらいある、冷《つめ》たい湿地《しっち》でこけやからくさやみじか

(1) 気《き》づかいが足《た》りないこと。(2) 神様《かみさま》などに捧《ささ》げられる贈《おく》り物《もの》。

いあし(1)などが生《は》えていましたが、また所々《ところどころ》にはあざみ(2)やせいの低《ひく》いひどくねじれたやなぎなどもありました。

　水《みず》がじめじめしてその表面《ひょうめん》にはあちこち赤《あか》い鉄《てつ》の渋《しぶ》(3)が湧《わ》きあがり、見《み》るからどろどろで気《き》味《み》も悪《わる》いのでした。

　そのまん中《なか》の小《ちい》さな島《しま》のようになった所《ところ》に、丸太《まるた》でこしらえた高《たか》さ一間《いっけん》(4)ばかりの土神《つちがみ》のほこら(5)があったのです。

　土神《つちがみ》はその島《しま》に帰《かえ》って来《き》てほこらの横《よこ》に長々《ながなが》と寝《ね》そべりました。そして黒《くろ》いやせた脚《あし》をがりがりかきました。土神《つちがみ》は一羽《いちわ》の鳥《とり》が自分《じぶん》の頭《あたま》の上《うえ》をまっすぐにかけて行《い》くのを見《み》ました。すぐ土神《つちがみ》は起《お》きなおって「しっ」と叫《さけ》びました。鳥《とり》はびっくりしてよろよろっと落《お》ちそうになり、それからまるではねもなにもしびれたようにだんだん低《ひく》く落《お》ちながら向《む》こうへ逃《に》げて行《い》きました。

　土神《つちがみ》は少《すこ》し笑《わら》って起《お》きあがりました。けれどもまたすぐ向《む》こうのかばの木《き》の立《た》っている

（1）水《みず》のある場《ば》所《しょ》に茂《しげ》みを作《つく》る植物《しょくぶつ》。（2）ギザギザした葉《は》と小《ちい》さな筒状《つつじょう》の花《はな》が集《あつ》まり四《よん》センチほどの大《おお》きさになる花《はな》が特徴《とくちょう》の植物《しょくぶつ》。（3）水《みず》などのあか。さび。（4）長《なが》さの単位《たんい》。1間《けん》は約《やく》1・8メートル。（5）神様《かみさま》を祭《まつ》るための建物《たてもの》。

高《たか》みの方《ほう》を見《み》ると、はっと顔《かお》いろを変《か》えて棒立《ぼうだ》ちになりました。それからいかにもむしゃくしゃするという風《ふう》に、そのぼろぼろの髪毛《かみけ》を両手《りょうて》でかきむしっていました。

その時谷地《ときやち》の南《みなみ》の方《ほう》から一人《ひとり》の木《き》こりがやって来《き》ました。三《み》つ森山《もりやま》の方《ほう》へ稼《かせ》ぎに出《で》るらしく、谷地《やち》のふちに沿《そ》った細《ほそ》い路《みち》を大股《おおまた》に行《い》くのでしたが、やっぱり土神《つちがみ》のことは知《し》っていたと見《み》えて、時々《ときどき》(1)気《き》づかわしそうに土神《つちがみ》のほこらの方《ほう》を見《み》ていました。けれども木《き》こりには土神《つちがみ》の形《かたち》は見《み》えなかったのです。

土神《つちがみ》はそれを見《み》るとよろこんでぱっと顔《かお》をほてらせました。それから右手《みぎて》をそっちへ突《つ》き出《だ》して、左手《ひだりて》でその右手《みぎて》の手首《てくび》をつかみ、こっちへ引《ひ》き寄《よ》せるようにしました。すると(2)奇体《きたい》なことは、木《き》こりはみちを歩《ある》いていると思《おも》いながらだんだん谷地《やち》の中《なか》に踏《ふ》み込《こ》んで来《く》るようでした。それからびっくりしたように足《あし》が早《はや》くなり、顔《かお》も青《あお》ざめて口《くち》をあいて息《いき》をしました。土神《つちがみ》は右手《みぎて》のこぶしをゆっくりぐるっとまわしました。すると木《き》こりはだんだんぐるっと円《まる》くまわって歩《ある》いていましたが、いよいよひどくあわてだして、まるではあはあはあしながらなんべんも同《おな》じ所《ところ》をまわり出《だ》しました。なんでも早《はや》く谷地《やち》からにげ

(1) 心配《しんぱい》そうに。(2) 奇妙《きみょう》。

て出《で》ようとするらしいのでしたが、あせってもあせっても同《おな》じ所《ところ》をまわっているばかりなのです。とうとう木《き》こりはおろおろ泣《な》き出《だ》しました。そして両手《りょうて》をあげて走《はし》り出《だ》したのです。

土神《つちがみ》はいかにもうれしそうに、にやにやにやにや笑《わら》って寝《ね》そべったままそれを見《み》ていましたが、間《ま》もなく木《き》こりがすっかりのぼせて疲《つか》れてばたっと水《みず》の中《なか》に倒《たお》れてしまいますと、ゆっくりと立《た》ちあがりました。そしてぐちゃぐちゃ大股《おおまた》にそっちへ歩《ある》いて行《い》って、倒《たお》れている木《き》こりのからだを向《む》こうの草《くさ》はらの方《ほう》へぽんと投《な》げ出《だ》しました。木《き》こりは草《くさ》の中《なか》にどしりと落《お》ちてううんと言《い》いながら少《すこ》し動《うご》いたようでしたが、まだ気《き》がつきませんでした。

土神《つちがみ》は大声《おおごえ》に笑《わら》いました。その声《こえ》はあやしい波《なみ》になって空《そら》の方《ほう》へ行《い》きました。

空《そら》へ行《い》った声《こえ》はまもなくそっちからはねかえって、ガサリとかばの木《き》の所《ところ》にも落《お》ちて行《い》きました。かばの木《き》ははっと顔《かお》いろを変《か》えて日光《にっこう》に青《あお》くすきとおり、せわしくせわしくふるえました。

土神《つちがみ》はたまらなそうに両手《りょうて》で髪《かみ》をかきむしりながらひとりで考《かんが》えました。おれのこんなに面白《おもしろ》くないというのは第一《だいいち》はきつねのためだ。きつねのためよりはかばの木《き》のためだ。きつねとかばの木《き》とのためだ。けれどもかばの木《き》の方《ほう》は、おれは怒《おこ》ってはいないのだ。かばの木《き》を怒《おこ》らないためにおれはこんなにつらいのだ。かばの木《き》さえどうでもよければ、きつねなどはなおさらどうでもいいのだ。おれはいやしいけれどもとにかく神《かみ》の分際《ぶんざい》だ。それにきつねのことなどを気《き》にかけなければならないというのは情《なさ》けない。それでも気《き》にかかるから仕方《しかた》ない。かばの木《き》のことなどは忘《わす》れてしまえ。ところがどうしても忘《わす》れられない。今朝《けさ》は青《あお》ざめてふるえたぞ。あの立派《りっぱ》だったこと、どうしても忘《わす》られない。おれはむしゃくしゃまぎれに、あんなあわれな人間《にんげん》などをいじめたのだ。けれども仕方《しかた》ない。誰《だれ》だってむしゃくしゃしたときはなにをするかわからないのだ。

土神《つちがみ》はひとりで切《せつ》ながってばたばたしました。空《そら》をまた一匹《いっぴき》のたかがかけて行《い》きましたが、土神《つちがみ》は今度《こんど》はなんとも言《い》わずだまってそれを見《み》ました。

ずうっとずうっと遠《とお》くで(1)騎兵《きへい》の演習《えんしゅう》らしいパチパチパチパチパチ塩《しお》のはぜるような鉄砲《てっぽう》の音《おと》が聞《き》こえました。そらから青《あお》びかりがどくどくと野原《のはら》に流《なが》れて来《き》ました。それをのんだためか、さっきの草《くさ》の中《なか》に投《な》げ出《だ》された木《き》こりはやっと気《き》がついて、おずおずと起《お》きあがりしきりにあたりを見《み》まわしました。

(1) 馬《うま》などの動物《どうぶつ》に乗《の》って戦《たたか》う兵士《へいし》。

それからにわかに立《た》って一目散《いちもくさん》に逃《に》げ出《だ》しました。三《み》つ森山《もりやま》の方《ほう》へまるで一目散《いちもくさん》に逃《に》げました。

土神《つちがみ》はそれを見《み》て、また大《おお》きな声《こえ》で笑《わら》いました。その声《こえ》はまた青《あお》ぞらの方《ほう》まで行《い》き、途《と》中《ちゅう》から、バサリとかばの木《き》の方《ほう》へ落《お》ちました。

かばの木《き》はまた、はっと葉《は》のいろをかえ、見《み》えないくらいこまかくふるいました。

土神《つちがみ》は自分《じぶん》のほこらのまわりを、うろうろうろうろなんべんも歩《ある》きまわってからやっと気《き》がしずまったと見《み》えて、すっと形《かたち》を消《け》し、とけるようにほこらの中《なか》へ入《はい》って行《い》きました。

（四）

八月《はちがつ》のある霧《きり》の深《ふか》い晩《ばん》でした。土神《つちがみ》はなんとも言《い》えずさびしくて、それにむしゃくしゃして仕方《しかた》ないのでふらっと自分《じぶん》のほこらを出《で》ました。足《あし》はいつの間《ま》にか、あのかばの木《き》の方《ほう》へ向《む》かっていたのです。本当《ほんとう》に土神《つちがみ》はかばの木《き》のことを考《かんが》えると、なぜか胸《むね》がどきっとするのでした。そしてたいへんに切《せつ》なかったのです。このごろはたいへんに心《こころ》持《も》ちが変《か》わってよくなっていたのです。ですからなるべくきつねのことなど、かばの木《き》のことなど考《かんが》えたくないと思《おも》ったのでしたが、どうしてもそれが思《おも》えて仕方《しかた》ありませんでした。

おれはいやしくも神《かみ》じゃないか、一本《いっぽん》のかばの木《き》がおれになんのあたい(1)があると、毎日《まいにち》毎日《まいにち》土神《つちがみ》は繰《く》り返《かえ》して自分《じぶん》で自分《じぶん》に教《おし》えました。それでもどうしてもかなしくて仕方《しかた》なかったのです。ことにちょっとでもあのきつねのことを思《おも》い出《だ》したら、まるでからだがやけるくらいつらかったのです。

土神《つちがみ》はいろいろ深《ふか》く考《かんが》え込《こ》みながらだんだんかばの木《き》の近《ちか》くに参《まい》りました。そのうちとうとう、はっきり自分《じぶん》がかばの木《き》のとこへ行《い》こうとしているのだということに気《き》がつきました。するとにわかに心持《こころも》ちがおどるようになりました。ずいぶんしばらく行《い》かなかったのだから、ことによったらかばの木《き》は自分《じぶん》を待《ま》っているのかも知《し》れない、どうもそうらしい、そうだとすればたいへんに気《き》の毒《どく》だというような考《かんが》えが強《つよ》く土神《つちがみ》に起《お》こって来《き》ました。土神《つちがみ》は草《くさ》をどしどし踏《ふ》み胸《むね》を踊《おど》らせながら大股《おおまた》に歩《ある》いて行《い》きました。ところがその強《つよ》い足《あし》なみもいつかよろよろしてしまい、土神《つちがみ》はまるで頭《あたま》から青《あお》いいろのかなしみを浴《あ》びてつっ立《た》たなければなりませんでした。それはきつねが来《き》ていたのです。もうすっかり夜《よる》でしたが、ぼんやり月《つき》のあかりによどんだ霧《きり》の向《む》こうからきつねの声《こえ》が聞《き》こえて来《く》るのでした。

(1) 値《あたい》。価値《かち》。

「ええ、もちろんそうなんです。器械的《きかいてき》に対称《たいしょう》の法則《ほうそく》にばかりかなって(1)いるからって、それで美《うつく》しいというわけにはいかないんです。それは死《し》んだ美《び》です」

「まったくそうですわ」

しずかなかばの木《き》の声《こえ》がしました。

「本当《ほんとう》の美《び》はそんな固定《こてい》した化石《かせき》した模型《もけい》のようなもんじゃないんです。対称《シンメトリー》の法則《ほうそく》にかなうって言《い》ったって、実《じつ》は対称《たいしょう》の精神《せいしん》をもっているというぐらいのことが望《のぞ》ましいのです」

「本当《ほんとう》にそうだと思《おも》いますわ」

かばの木《き》のやさしい声《こえ》がまたしました。土神《つちがみ》は今度《こんど》はまるでべらべらした桃《もも》いろの火《ひ》でからだ中《じゅう》燃《も》やされているように思《おも》いました。息《いき》がせかせかして本当《ほんとう》にたまらなくなりました。なにがそんなにおまえを切《せつ》なくするのか、たかがかばの木《き》ときつねとの野原《のはら》の中《なか》でのみじかい会話《かいわ》ではないか、そんなものに心《こころ》を乱《みだ》されてそれでもお前《まえ》は神《かみ》と言《い》えるか、土神《つちがみ》は自分《じぶん》で自分《じぶん》を責《せ》めました。きつねがまた言《い》いました。

(1) 条件《じょうけん》などに当《あ》てはまること。

「ですから、どの美学《びがく》の本《ほん》にもこれくらいのことは論《ろん》じてあるんです」

「美学《びがく》の方《ほう》の本《ほん》たくさんお持《も》ちですの」

かばの木《き》はたずねました。

「ええ、よけいもありませんが、まあ日本語《にほんご》と英語《えいご》とドイツ語《ご》のなら大抵《たいてい》ありますね。イタリーのは新《あたら》しいんですが、まだ来《こ》ないんです」

「あなたのお書斎《しょさい》、まあどんなに立派《りっぱ》でしょうね」

「いいえ、まるでちらばってますよ、それに研究室兼用《けんきゅうしつけんよう》ですからね、あっちのすみには顕微鏡《けんびきょう》、こっちにはロンドンタイムス(1)、大理石《だいりせき》のシィザア(2)がころがったり、まるっきりごったごたです」

「まあ、立派《りっぱ》だわねえ、本当《ほんとう》に立派《りっぱ》だわ」

ふんときつねのけんそんのような自慢《じまん》のような息《いき》の音《ね》がして、しばらくしいんとなりました。

土神《つちがみ》はもういても立《た》ってもいられませんでした。きつねの言《い》っているのを聞《き》くとまった

(1)イギリスの権威《けんい》ある新聞《しんぶん》。(2)古代《こだい》ローマの皇帝《こうてい》、カエサル(シーザー)のことだと考《かんが》えられている。

くきつねの方《ほう》が自分《じぶん》よりはえらいのでした。いやしくも神《かみ》ではないかと今《いま》まで自分《じぶん》で自分《じぶん》に教《おし》えていたのが今度《こんど》はできなくなったのです。ああつらいつらい、もう飛《と》び出《だ》して行《い》ってきつねを一裂《ひとさ》きに裂《さ》いてやろうか、けれどもそんなことは夢《ゆめ》にもおれの考《かんが》えるべきことじゃない、けれどもそのおれというものはなんだ、結局《けっきょく》きつねにも劣《おと》ったもんじゃないか、いったいおれはどうすればいいのだ、土神《つちがみ》は胸《むね》をかきむしるようにしてもだえました。

「いつかの望遠鏡《ぼうえんきょう》、まだ来《こ》ないんですの」

かばの木《き》がまた言《い》いました。

「ええ、いつかの望遠鏡《ぼうえんきょう》ですか。まだ来《こ》ないんです。なかなか来《こ》ないです。欧州航路《おうしゅうこうろ》は大分混乱《だいぶこんらん》してますからね。来《き》たらすぐ持《も》って来《き》てお目《め》にかけますよ。土星《どせい》の環《わ》なんかそれあ美《うつく》しいんですからね」

土神《つちがみ》はにわかに両手《りょうて》で耳《みみ》を押《お》さえて一目散《いちもくさん》に北《きた》の方《ほう》へ走《はし》りました。だまっていたら自分《じぶん》がなにをするかわからないのが恐《おそ》ろしくなったのです。

まるで一目散《いちもくさん》に走《はし》って行《い》きました。息《いき》がつづかなくなってばったり倒《たお》れたところは三《み》つ森山《もりやま》のふもとでした。

土神《つちがみ》は頭《あたま》の毛《け》をかきむしりながら草《くさ》をころげまわりました。それから大声《おおごえ》で泣《な》きました。

その声《こえ》は時《とき》でもない雷《かみなり》のように空《そら》へ行《い》って野原中《のはらじゅう》へ聞《き》こえたのです。土神《つちがみ》は泣《な》いて泣《な》いて疲《つか》れて、あけ方《がた》ぼんやり自分《じぶん》のほこらに戻《もど》りました。

（五）

そのうちとうとう秋《あき》になりました。かばの木《き》はまだまっ青《さお》でしたが、その辺《へん》のいのころぐさはもうすっかり黄金《きん》いろの穂《ほ》を出《だ》して風《かぜ》に光《ひか》り、ところどころすずらんの実《み》も赤《あか》く熟《じゅく》しました。

あるすきとおるように黄金《きん》いろの秋《あき》の日《ひ》、土神《つちがみ》はたいへん上機嫌《じょうきげん》でした。今年《ことし》の夏《なつ》からのいろいろなつらい思《おも》いが、なんだかぼうっとみんな立派《りっぱ》なもやのようなものに変《か》わって、頭《あたま》の上《うえ》に環《わ》になってかかったように思《おも》いました。そしてもうあの不思議《ふしぎ》に意地《いじ》の悪《わる》い性質《せいしつ》もどこかへ行《い》ってしまって、かばの木《き》などもきつねと話《はな》したいなら話《はな》すがいい、両方《りょうほう》ともうれしくて話《はな》すのなら本当《ほんとう》にいいことなんだ、今日《きょう》はそのことをかばの木《き》に言《い》ってやろうと思《おも》いながら、土神《つちがみ》は心《こころ》も軽《かる》くかばの木《き》の方《ほう》へ歩《ある》いて行《い》きました。

かばの木《き》は遠《とお》くからそれを見《み》ていました。

そしてやっぱり心配《しんぱい》そうにぶるぶるふるえて待《ま》ちました。

土神《つちがみ》は進《すす》んで行《い》って気軽《きがる》に挨拶《あいさつ》しました。

「かばの木《き》さん。おはよう。実《じつ》にいい天気《てんき》だな」

「おはようございます。いいお天気《てんき》でございます」

「天道《てんとう》というものはありがたいもんだ。春《はる》は赤《あか》く夏《なつ》は白《しろ》く秋《あき》は黄《き》いろく、秋《あき》が黄《き》いろになるとぶどうは紫《むらさき》になる。実《じつ》にありがたいもんだ」

「まったくでございます」

「わしはな、今日《きょう》はたいへんに気《き》ぶんがいいんだ。今年《ことし》の夏《なつ》から実《じつ》にいろいろつらい目《め》にあったのだが、やっと今朝《けさ》からにわかに心持《こころも》ちが軽《かる》くなった」

かばの木《き》は返事《へんじ》しようとしましたが、なぜかそれが非常《ひじょう》に重苦《おもくる》しいことのように思《おも》われて返事《へんじ》しかねました。

「わしはいまなら誰《だれ》のためにでも命《いのち》をやる。みみずが死《し》ななけぁならんなら、それにもわしはかわってやっていいのだ」

土神《つちがみ》は遠《とお》くの青《あお》いそらを見《み》て言《い》いました。その眼《め》も黒《くろ》く立派《りっぱ》でした。

かばの木《き》はまたなんとか返事《へんじ》しようとしましたが、やっぱりなにかたいへん重苦《おもくる》しくてわずか吐息《といき》をつくばかりでした。

そのときです。きつねがやって来《き》たのです。

きつねは土神《つちがみ》のいるのを見《み》るとはっと顔《かお》いろを変《か》えました。けれども戻《もど》るわけにも行《い》かず、少《すこ》しふるえながらかばの木《き》の前《まえ》に進《すす》んで来《き》ました。

「かばの木《き》さん、おはよう、そちらにおられるのは土神《つちがみ》ですね」

きつねは赤革《あかがわ》の靴《くつ》をはき茶《ちゃ》いろのレーンコートを着《き》て、まだ夏帽子《なつぼうし》をかぶりながらこう言《い》いました。

「わしは土神《つちがみ》だ。いい天気《てんき》だ。な」

土神《つちがみ》は本当《ほんとう》に明《あか》るい心持《こころもち》でこう言《い》いました。きつねはねたましさに顔《かお》を青《あお》くしながらかばの木《き》に言《い》いました。

「お客《きゃく》さまのお出《い》での所《ところ》にあがって失礼《しつれい》いたしました。これはこの間《あいだ》お約束《やくそく》した本《ほん》です。それから望遠鏡《ぼうえんきょう》はいつかはれた晩《ばん》にお目《め》にかけます。さよなら」

「まあ、ありがとうございます」とかばの木《き》が言《い》っているうちに、きつねはもう土神《つちがみ》に挨《あい》拶《さつ》もしないでさっさと戻《もど》りはじめました。かばの木《き》はさっと青《あお》くなって、また小《ちい》さくぷりぷりふるいました。

土神《つちがみ》はしばらくの間ただぼんやりときつねを見送《みおく》って立《た》っていましたが、ふときつねの

赤革《あかがわ》の靴《くつ》のキラッと草《くさ》に光《ひか》るのにびっくりして我《われ》に返《かえ》ったと思《おも》いましたら、にわかに頭《あたま》がぐらっとしました。きつねがいかにも意地《いじ》をはったように肩《かた》をいからせてぐんぐん向《む》こうへ歩《ある》いているのです。土神《つちがみ》はむらむらっと怒《おこ》りました。顔《かお》もものすごくまっ黒《くろ》に変《か》わったのです。美学《びがく》の本《ほん》だの望遠鏡《ぼうえんきょう》だのと、畜生《ちくしょう》、さあ、どうするか見《み》ろ、といきなりきつねのあとを追《お》いかけました。かばの木《き》はあわてて枝《えだ》が一《いっ》ぺんにがたがたふるえ、きつねもそのけはいにどうかしたのかと思《おも》って何気《なにげ》なくうしろを見《み》ましたら、土神《つちがみ》がまるで黒《くろ》くなって嵐《あらし》のように追《お》って来《く》るのでした。さあ、きつねはさっと顔《かお》いろを変《か》え口《くち》もまがり、風《かぜ》のように走《はし》って逃《に》げ出《だ》しました。

土神《つちがみ》はまるでそこら中《じゅう》の草《くさ》が、まっ白《しろ》な火《ひ》になって燃《も》えているように思《おも》いました。青《あお》く光《ひか》っていたそらさえ、にわかにガランとまっ暗《くら》な穴《あな》になって、その底《そこ》では赤《あか》い炎《ほのお》がどうどうと音《おと》を立《た》てて燃《も》えると思《おも》ったのです。

二人《ふたり》はごうごう鳴《な》って汽車《きしゃ》のように走《はし》りました。

「もうおしまいだ、もうおしまいだ、望遠鏡《ぼうえんきょう》、望遠鏡《ぼうえんきょう》、望遠鏡《ぼうえんきょう》」ときつねは一心《いっしん》に頭《あたま》のすみのとこで考《かんが》えながら夢《ゆめ》のように走《はし》っていました。

向《む》こうに小《ちい》さな赤《あか》はげの丘《おか》がありました。きつねはその下《した》の円《まる》い穴《あな》にはいろうとしてくるっと一《ひと》つまわりました。それから首《くび》を低《ひく》くしていきなり中《なか》へ飛《と》び込《こ》もうとして後《うし》ろあしをちらっとあげたとき、もう土神《つちがみ》はうしろからぱっと飛《と》びかかっていました。と思《おも》うと、きつねはもう土神《つちがみ》にからだをねじられて、口《くち》をとがらして少《すこ》し笑《わら》ったようになったままぐんにゃりと土神《つちがみ》の手《て》の上《うえ》に首《くび》をたれていたのです。

土神《つちがみ》はいきなりきつねを地《じ》べたに投《な》げつけてぐちゃぐちゃ四《し》、五《ご》へん踏《ふ》みつけました。

それからいきなりきつねの穴《あな》の中《なか》にとび込《こ》んで行《い》きました。中《なか》はがらんとして暗《くら》く、ただ(1)赤土《あかつち》がきれいに固《かた》められているばかりでした。土神《つちがみ》は大《おお》きく口《くち》をまげてあけながら少《すこ》し変《へん》な気《き》がして外《そと》へ出《で》て来《き》ました。

それからぐったり横《よこ》になっているきつねのしがいのレーンコートの(2)かくしの中《なか》に手《て》を入《い》れて見《み》ました。そのかくしの中《なか》には茶《ちゃ》いろな(3)かもがやの穂《ほ》が二本《にほん》はいっていました。土神《つちがみ》はさっきからあいていた口《くち》をそのまま、まるで途方《とほう》もない声《こえ》で泣《な》き出《だ》しました。

その涙《なみだ》は雨《あめ》のようにきつねに降《ふ》り、きつねはいよいよ首《くび》をぐんにゃりとしてうすら笑《わら》ったようになって死《し》んでいたのです。

(1) 酸化鉄《さんかてつ》によって赤《あか》くなった土《つち》。(2) ポケット。(3) 道端《みちばた》や野原《のはら》などに生《は》える草《くさ》。

セロ弾《ひ》きのゴーシュ

ゴーシュは町《まち》の(1)活動写真館《かつどうしゃしんかん》で(2)セロを弾《ひ》く係《かかり》でした。けれどもあんまり上手《じょうず》でないという評判《ひょうばん》でした。上手《じょうず》でないどころではなく、実《じつ》は仲間《なかま》の(3)楽手《がくしゅ》のなかではいちばん下手《へた》でしたから、いつでも楽長《がくちょう》にいじめられるのでした。

ひる過《す》ぎ、みんなは楽屋《がくや》にまるくならんで今度《こんど》の町《まち》の音楽会《おんがくかい》へ出《だ》す第六交響曲《だいろくこうきょうきょく》の練習《れんしゅう》をしていました。

トランペットは一生《いっしょう》けん命歌《めいうた》っています。

ヴァイオリンも二《ふた》いろ風《かぜ》のように鳴《な》っています。

(1) 昔《むかし》の映画館《えいがかん》の呼《よ》び名《な》。(2) 楽器《がっき》のチェロ。昔《むかし》の映画《えいが》は音《おと》がなかったので、その場《ば》で音楽《おんがく》を演奏《えんそう》したりした。(3) 音楽《おんがく》を演奏《えんそう》する人《ひと》。

クラリネットもボーボーとそれに手伝《てつだ》っています。

ゴーシュも口《くち》をりんと結《むす》んで目《め》を皿《さら》のようにして楽譜《がくふ》を見《み》つめながら、もう一心《いっしん》に弾《ひ》いています。

にわかにぱたっと楽長《がくちょう》が両手《りょうて》を鳴《な》らしました。みんなぴたりと曲《きょく》をやめてしんとしました。楽長《がくちょう》がどなりました。

「セロがおくれた。トォテテ　テテテイ、ここからやり直《なお》し。はいっ」

みんなは今《いま》の所《ところ》の少《すこ》し前《まえ》の所《ところ》からやり直《なお》しました。ゴーシュは顔《かお》をまっ赤《か》にして額《ひたい》に汗《あせ》を出《だ》しながら、やっと今《いま》いわれたところを通《とお》りました。ほっと安心《あんしん》しながら、つづけて弾《ひ》いていますと楽長《がくちょう》がまた手《て》をぱっと打《う》ちました。

「セロっ。糸《いと》が合《あ》わない。困《こま》るなあ。ぼくはきみにドレミファを教《おし》えてまでいるひまはないんだがなあ」

みんなは気《き》の毒《どく》そうにして、わざとじぶんの譜《ふ》をのぞき込《こ》んだりじぶんの楽器《がっき》をはじいて見《み》たりしています。ゴーシュはあわてて糸《いと》を直《なお》しました。これは実《じつ》はゴーシュも悪《わる》いのですが、セロもずいぶん悪《わる》いのでした。

「今《いま》の前《まえ》の小節《しょうせつ》から。はいっ」

みんなはまたはじめました。ゴーシュも口《くち》をまげて一生《いっしょう》けん命《めい》です。そして今度《こんど》はかなり進《すす》みました。いいあんばいだと思《おも》っていると楽長《がくちょう》がおどすような形《かたち》をして、またぱたっと手《て》を打《う》ちました。またかとゴーシュはどきっとしましたが、ありがたいことに今度《こんど》は別《べつ》の人《ひと》でした。ゴーシュはそこでさっきじぶんのときみんながしたように、わざとじぶんの譜《ふ》へ目《め》を近《ちか》づけてなにか考《かんが》えるふりをしていました。

「ではすぐ今《いま》の次《つぎ》。はいっ」

そらと思《おも》って弾《ひ》き出《だ》したかと思《おも》うと、いきなり楽長《がくちょう》が足《あし》をどんと踏《ふ》んでどなり出《だ》しました。

「だめだ。まるでなっていない。このへんは曲《きょく》の心臓《しんぞう》なんだ。それがこんながさがさしたことで。諸君《しょくん》。演奏《えんそう》までもうあと十日《とおか》しかないんだよ。音楽《おんがく》を専門《せんもん》にやっているぼくらがあの(1)金《かな》ぐつ鍛冶《かじ》だの砂糖屋《さとうや》の(2)丁稚《でっち》なんかの寄《よ》り集《あつ》まりに負《ま》けてしまったら、いったいわれわれの面目《めんもく》はどうなるんだ。おいゴーシュ君《くん》。君《きみ》には困《こま》るんだがなあ。表情《ひょうじょう》ということがまるでできてない。怒《おこ》るも喜《よろこ》ぶも感情《かんじょう》というものがさっぱり出《で》ないんだ。それにどうして

(1)靴職人《くつしょくにん》、または馬《うま》の足《あし》につける道具《どうぐ》を作《つく》る職人《しょくにん》。(2)商人《しょうにん》や職人《しょくにん》の家《いえ》でちょっとした用事《ようじ》をこなす少年《しょうねん》。

もぴたっとほかの楽器《がっき》と合《あ》わないもなあ。いつでもきみだけ、とけた靴《くつ》のひもを引《ひ》きずって、みんなのあとをついてあるくようなんだ、困《こま》るよ、しっかりしてくれないとねえ。(1)光《こう》輝《き》あるわが金星音楽団《きんせいおんがくだん》がきみ一人《ひとり》のために悪評《あくひょう》をとるようなことでは、みんなへもまったく気《き》の毒《どく》だからな。では今日《きょう》は練習《れんしゅう》はここまで、休《やす》んで六時《ろくじ》にはかっきりボックスへはいってくれたまえ」

みんなはおじぎをして、それからたばこをくわえてマッチをすったりどこかへ出《で》て行《い》ったりしました。ゴーシュはその粗末《そまつ》な箱《はこ》みたいなセロをかかえて壁《かべ》の方《ほう》へ向《む》いて口《くち》をまげてぼろぼろ涙《なみだ》をこぼしましたが、気《き》をとり直《なお》してじぶんだけたった一人《ひとり》、今《いま》やったところをはじめからしずかにもいちど弾《ひ》きはじめました。

その晩遅《ばんおそ》くゴーシュはなにか大《おお》きな黒《くろ》いものをしょってじぶんの家《いえ》へ帰《かえ》ってきました。家《いえ》といってもそれは町《まち》はずれの(2)川《かわ》ばたにあるこわれた水車小屋《すいしゃごや》で、ゴーシュはそこにたった一人《ひとり》ですんでいて、午前《ごぜん》は小屋《こや》のまわりの小《ち》さな畑《はたけ》でトマトの枝《えだ》をきったり(3)甘藍《キャベジ》の虫《むし》をひろったりして、ひる過《す》ぎになるといつも出《で》て行《い》っていたのです。ゴーシュがうちへ入《はい》っ

(1) 名誉《めいよ》。(2) 川《かわ》のすぐ近《ちか》くの陸地《りくち》。川《かわ》のふち。(3) キャベツのこと。「カンラン」とも読《よ》む。

てあかりをつけるとさっきの黒《くろ》い包《つつ》みをあけました。それはなんでもない。あの夕方《ゆうがた》のごつごつしたセロでした。ゴーシュはそれを床《ゆか》の上《うえ》にそっと置《お》くと、いきなり棚《たな》からコップをとってバケツの水《みず》をごくごくのみました。

それから頭《あたま》を一《ひと》つふって椅子《いす》へかけると、まるで虎《とら》みたいな勢《いきお》いでひるの譜《ふ》を弾《ひ》きはじめました。譜《ふ》をめくりながら弾《ひ》いては考《かんが》え考《かんが》えては弾《ひ》き、一生《いっしょう》けん命《めい》しまいまで行《い》くと、またはじめからなんべんもなんべんもごうごうごうごう弾《ひ》きつづけました。

夜中《よなか》もとうに過《す》ぎて、しまいはもうじぶんが弾《ひ》いているのかもわからないようになって、顔《かお》もまっ赤《か》になり目《め》もまるで血走《ちばし》ってとてもものすごい顔《かお》つきになり、今《いま》にも倒《たお》れるかと思《おも》うように見《み》えました。

そのとき誰《だれ》かうしろの戸《と》をとんとんと叩《たた》くものがありました。

「ホーシュ君《くん》か」

ゴーシュはねぼけたように叫《さけ》びました。ところがすうと戸《と》を押《お》してはいって来《き》たのは、今《いま》まで五《ご》、六《ろっ》ぺん見《み》たことのある大《おお》きな三毛猫《みけねこ》でした。

ゴーシュの畑《はたけ》からとった半分熟《はんぶんじゅく》したトマトをさも重《おも》そうに持《も》って来《き》て、ゴーシュの前《まえ》におろしていいました。

「ああくたびれた。なかなか運搬《うんぱん》はひどいやな」

「なんだと」

ゴーシュがききました。

「これおみや(1)です。たべてください」

三毛《みけ》猫《ねこ》がいいました。

ゴーシュはひるからのむしゃくしゃを一《いっ》ぺんにどなりつけました。

「誰《だれ》がきさまにトマトなど持《も》ってこいといった。第一《だいいち》おれがきさまらの持《も》ってきたものなど食《く》うか。それからそのトマトだっておれの畑《はたけ》のやつだ。なんだ。赤《あか》くもならないやつをむしって。今《いま》までもトマトの茎《くき》をかじったりけちらしたりしたのはおまえだろう。行《い》ってしまえ。猫《ねこ》め」

すると猫《ねこ》は肩《かた》をまるくして目《め》をすぼめてはいましたが、口《くち》のあたりでにやにや笑《わら》っていいました。

「先生《せんせい》、そうお怒《いか》りになっちゃ、おからだにさわります。それよりシューマンのトロメラ

(1) おみやげ。

イを弾《ひ》いてごらんなさい。聞《き》いてあげますから」

「生意気《なまいき》なことをいうな。猫《ねこ》のくせに」

セロ弾《ひ》きはしゃくにさわって、この猫《ねこ》のやつどうしてくれようとしばらく考《かんが》えました。

「いや、ごえんりょはありません。どうぞ。わたしはどうも先生《せんせい》の音楽《おんがく》を聞《き》かないとねむられないんです」

「生意気《なまいき》だ。生意気《なまいき》だ。生意気《なまいき》だ」

ゴーシュはすっかりまっ赤《か》になってひるま楽長《がくちょう》のしたように足踏《あしぶ》みしてどなりましたが、にわかに気《き》を変《か》えていいました。

「では弾《ひ》くよ」

ゴーシュはなんと思《おも》ったか、戸《と》にかぎをかって窓《まど》もみんなしめてしまい、それからセロを取《と》り出《だ》してあかし(1)を消《け》しました。すると外《そと》から二十日《はつか》過《す》ぎの月《つき》のひかりが部屋《へや》の中《なか》へ半《はん》分《ぶん》ほどはいってきました。

「なにを弾《ひ》けと」

(1) 明《あ》かり。

「(1)トロメライ、(2)ロマチックシューマン作曲《さっきょく》」

猫《ねこ》は口《くち》をふいてすましていいました。

「そうか。トロメライというのはこういうのか」

セロ弾《ひ》きはなんと思《おも》ったか、まずは(3)んけちを引《ひ》きさいてじぶんの耳《みみ》の穴《あな》へぎっしりつめました。それからまるで嵐《あらし》のような勢《いきお》いで「インドの虎狩《とらが》り」という譜《ふ》を弾《ひ》きはじめました。

すると猫《ねこ》はしばらく首《くび》をまげて聞《き》いていましたが、いきなりパチパチパチッと目《め》をしたかと思《おも》うとぱっと戸《と》の方《ほう》へ飛《と》びのきました。そしていきなりどんと戸《と》へからだをぶっつけましたが戸《と》はあきませんでした。猫《ねこ》はさあこれはもう一生一代《いっしょういちだい》の失敗《しっぱい》をしたという風《ふう》にあわてだして、目《め》や額《ひたい》からぱちぱち火花《ひばな》を出《だ》しました。すると今度《こんど》は口《くち》のひげからも鼻《はな》からも出《で》ましたから、猫《ねこ》はくすぐったがってしばらくくしゃみをするような顔《かお》をして、それからまたさあこうしてはいられないぞというように、はせあるき出《だ》しました。ゴーシュはすっかり面白《おもしろ》くなってますます勢《いきお》いよくやり出《だ》しました。

(1)曲《きょく》の名前《なまえ》。トロイメライ。(2)ドイツの作曲家《さっきょくか》ロベルト・シューマンのこと。(3)ハンカチ。

「先生《せんせい》もうたくさんです。たくさんですよ。ご生《しょう》ですからやめてください。これからもう先生《せんせい》のタクトなんかとりませんから」

「だまれ。これから虎《とら》をつかまえる所《ところ》だ」

猫《ねこ》はくるしがって、はねあがってまわったり壁《かべ》にからだをくっつけたりしましたが、壁《かべ》についたあとはしばらく青《あお》くひかるのでした。しまいは猫《ねこ》はまるで風車《ふうしゃ》のようにぐるぐるぐるぐるゴーシュをまわりました。

ゴーシュもすこしぐるぐるして来《き》ましたので、

「さあこれで許《ゆる》してやるぞ」といいながら(1)ようようやめました。

すると猫《ねこ》もけろりとして、

「先生《せんせい》、今夜《こんや》の演奏《えんそう》はどうかしてますね」といいました。

セロ弾《ひ》きはまたぐっとしゃくにさわりましたが、何気《なにげ》ない風《ふう》で巻《まき》たばこを一本《いっぽん》出《だ》して口《くち》にくわえそれからマッチを一本《いっぽん》取《と》って、

「どうだい。具合《ぐあい》をわるくしないかい。舌《した》を出《だ》してごらん」

(1) ようやく。

猫《ねこ》はばかにしたようにとがった長《なが》い舌《した》をベロリと出《だ》しました。

「ははあ、少《すこ》し荒《あ》れたね」

セロ弾《ひ》きはいいながらいきなりマッチを舌《した》でシュッとすって、じぶんのたばこへつけました。さあ猫《ねこ》はおどろいたのなんの、舌《した》を風車《ふうしゃ》のようにふりまわしながら入《い》り口《ぐち》の戸《と》へ行《い》って頭《あたま》でどんとぶっつかってはよろよろとして、また戻《もど》って来《き》てどんとぶっつかってはよろよろ、また戻《もど》って来《き》てまたぶっつかってはよろよろにげみちをこさえようとしました。

ゴーシュはしばらく面白《おもしろ》そうに見《み》ていましたが、

「出《だ》してやるよ。もう来《く》るなよ。ばか」

セロ弾《ひ》きは戸《と》をあけて猫《ねこ》が風《かぜ》のようにかや(1)の中《なか》を走《はし》って行《い》くのを見《み》て、ちょっと笑《わら》いました。それから、やっとせいせいしたというようにぐっすりねむりました。

次《つぎ》の晩《ばん》もゴーシュがまた黒《くろ》いセロの包《つつ》みをかついで帰《かえ》ってきました。そして水《みず》をごくごくのむと、そっくりゆうべのとおりぐんぐんセロを弾《ひ》きはじめました。十二時《じゅうにじ》は間《ま》もなく過《す》ぎ、一時《いちじ》も過《す》ぎ二時《にじ》も過《す》ぎてもゴーシュはまだやめませんでした。それからもう何時《なんじ》だ

（1）細長《ほそなが》い葉《は》と茎《くき》がある植物《しょくぶつ》の呼《よ》び名《な》。主《おも》にチガヤ、スゲ、ススキなどのこと。

かもわからず、弾《ひ》いているかもわからずごうごうやっていますと、誰《だれ》か屋《や》根《ね》裏《うら》をこっこっと叩《たた》くものがあります。

「猫《ねこ》、まだこりないのか」

ゴーシュが叫《さけ》びますと、いきなり天《てん》井《じょう》の穴《あな》からぽろんと音《おと》がして一匹《いっぴき》の灰《はい》いろの鳥《とり》が降《お》りて来《き》ました。床《ゆか》へとまったのを見《み》るとそれはかっこう(1)でした。

「鳥《とり》まで来《く》るなんて。なんの用《よう》だ」

ゴーシュがいいました。

「音楽《おんがく》を教《おそ》わりたいのです」

かっこう鳥《どり》はすましていいました。

ゴーシュは笑《わら》って、

「音楽《おんがく》だと。おまえの歌《うた》は、かっこう、かっこうというだけじゃあないか」

するとかっこうがたいへんまじめに、

「ええ、それなんです。けれどもむずかしいですからねえ」といいました。

(1) 全長《ぜんちょう》約《やく》35センチの細身《ほそみ》の鳥《とり》。色《いろ》は灰色《はいいろ》でお腹《なか》に白《しろ》い横《よこ》しまがある。

「むずかしいもんか。おまえたちのはたくさん鳴《な》くのがひどいだけで、鳴《な》きようはなんでもないじゃないか」

「ところがそれがひどいんです。たとえばかっこうとこう鳴《な》くのと、かっこうとこう鳴《な》くのとでは聞《き》いていてもよほどちがうでしょう」

「ちがわないね」

「ではあなたにはわからないんです。わたしらの仲間《なかま》なら、かっこうと一万《いちまん》いえば一万《いちまん》みんなちがうんです」

「勝手《かって》だよ。そんなにわかってるなら、なにもおれの所《ところ》へ来《こ》なくてもいいではないか」

「ところが私《わたし》はドレミファを正確《せいかく》にやりたいんです」

「ドレミファもくそもあるか」

「ええ、外国《がいこく》へ行《い》く前《まえ》にぜひ一度《いちど》いるんです」

「外国《がいこく》もくそもあるか」

「先生《せんせい》どうかドレミファを教《おし》えてください。わたしはついてうたいますから」

「うるさいなあ。そら三《さん》べんだけ弾《ひ》いてやるから、すんだらさっさと帰《かえ》るんだぞ」

ゴーシュはセロを取《と》り上《あ》げて、ボロンボロンと糸《いと》を合《あ》わせてドレミファソラシドと弾《ひ》きました。するとかっこうはあわてて羽《はね》をばたばたしました。

「ちがいます、ちがいます。そんなんでないんです」

「うるさいなあ。ではおまえやってごらん」

「こうですよ」

かっこうはからだをまえにまげてしばらく構《かま》えてから、

「かっこう」と一《ひと》つ鳴《な》きました。

「なんだい。それがドレミファかい。おまえたちには、それではドレミファも第六交響《だいろくこうきょう》楽《がく》も同《おな》じなんだな」

「それはちがいます」

「どうちがうんだ」

「むずかしいのは、これをたくさん続《つづ》けたのがあるんです」

「つまりこうだろう」

セロ弾《ひ》きはまたセロをとって、かっこうかっこうかっこうかっこうかっこうとつづけて弾《ひ》きました。

するとかっこうはたいへんよろこんで、途中《とちゅう》からかっこうかっこうかっこうかっこうとついて叫《さけ》びました。それももう一生《いっしょう》けん命《めい》からだをまげていつまでも叫《さけ》ぶのです。

ゴーシュはとうとう手《て》が痛《いた》くなって、

「こら、いいかげんにしないか」といいながらやめました。するとかっこうは残念《ざんねん》そうに目《め》をつりあげてまだしばらく鳴《な》いていましたが、やっと、

「……かっこうかくうかっかっかっかっか」といってやめました。

ゴーシュがすっかりおこってしまって、

「こら鳥《とり》、もう用《よう》がすんだらかえれ」といいました。

「どうかもう一《いっ》ぺん弾《ひ》いてください。あなたのはいいようだけれども、すこしちがうんです」

「なんだと、おれがきさまに教《おそ》わってるんではないんだぞ。帰《かえ》らんか」

「どうかたったもう一《いっ》ぺんおねがいです。どうか」

かっこうは頭《あたま》を何《なん》べんもこんこん下《さ》げました。

「ではこれっきりだよ」

ゴーシュは弓《ゆみ》をかまえました。かっこうは「くっ」と一《ひと》つ息《いき》をして、

「ではなるべく長《なが》くおねがいいたします」といってまた一《ひと》つおじぎをしました。

「いやになっちまうなあ」

ゴーシュはにが笑《わら》いしながら弾《ひ》きはじめました。するとかっこうはまた、まるで本気《ほんき》になって「かっこうかっこうかっこう」とからだをまげてじつに一生《いっしょう》けん命叫《めいさけ》びました。ゴーシュははじめはむしゃくしゃしていましたが、いつまでもつづけて弾《ひ》いているうちに、ふっとなんだかこれは鳥《とり》の方《ほう》がほんとうのドレミファにはまっているかなという気《き》がしてきました。どうも弾《ひ》けば弾《ひ》くほど、かっこうの方《ほう》がいいような気《き》がするのでした。

「えい、こんなばかなことしていたら、おれは鳥《とり》になってしまうんじゃないか」とゴーシュはいきなりぴたりとセロをやめました。

するとかっこうはどしんと頭《あたま》を叩《たた》かれたようにふらふらっとして、それからまたさっきのように、

「かっこうかっこうかっこうかっかっかっかっかっ」といってやめました。それから恨《うら》めしそうにゴーシュを見《み》て、

「なぜやめたんですか。ぼくらならどんな意気地《いくじ》ないやつでも、のどから血《ち》が出《で》るまでは叫《さけ》ぶんですよ」といいました。

「なにを生意気《なまいき》な。こんなばかなまねをいつまでしていられるか。もう出《で》て行《い》け。見《み》ろ。

夜《よ》があけるんじゃないか」ゴーシュは窓《まど》を指《ゆび》さしました。

東《ひがし》のそらがぼうっと銀《ぎん》いろになって、そこをまっ黒《くろ》な雲《くも》が北《きた》の方《ほう》へどんどん走《はし》っています。


「ではお日《ひ》さまの出《で》るまでどうぞ。もう一《いっ》ぺん。ちょっとですから」

かっこうはまた頭《あたま》を下《さ》げました。

「黙《だま》れっ。いい気《き》になって。このばか鳥《どり》め。出《で》て行《い》かんとむしって朝飯《あさめし》に食《く》ってしまうぞ」

ゴーシュはどんと床《ゆか》を踏《ふ》みました。

するとかっこうはにわかにびっくりしたように、いきなり窓《まど》をめがけて飛《と》び立《た》ちました。そして硝子《ガラス》にはげしく頭《あたま》をぶっつけてばたっと下《した》へ落《お》ちました。

「なんだ、硝子《ガラス》へばかだなあ」

ゴーシュはあわてて立《た》って窓《まど》をあけようとしましたが、元来《がんらい》この窓《まど》はそんなにいつでもするする開《ひら》く窓《まど》ではありませんでした。ゴーシュが窓《まど》のわくをしきりにがたがたしているうちに、またかっこうがばっとぶっつかって下《した》へ落《お》ちました。見《み》るとくちばしのつけねからすこし血《ち》が出《で》ています。

「いまあけてやるから待《ま》っていろったら」

ゴーシュがやっと(1)二寸《にすん》ばかり窓《まど》をあけたとき、かっこうは起《お》きあがってなにがなんでも今度《こんど》こそというようにじっと窓《まど》の向《む》こうの東《ひがし》のそらをみつめて、あらん限《かぎ》りの力《ちから》を込《こ》めた風《ふう》でぱっと飛《と》びたちました。もちろん今度《こんど》は前《まえ》よりひどくガラスにつきあたって、かっこうは下《した》へ落《お》ちたまましばらく身動《みうご》きもしませんでした。つかまえてドアから飛《と》ばしてやろうとゴーシュが手《て》を出《だ》しましたら、いきなりかっこうは目《め》を開《ひら》いて飛《と》びのきました。そしてまたガラスへ飛《と》びつきそうにするのです。

ゴーシュは思《おも》わず足《あし》を上《あ》げて窓《まど》をばっとけりました。ガラスは二《に》、三枚物《さんまいもの》すごい音《おと》して砕《くだ》け、窓《まど》はわくのまま外《そと》へ落《お》ちました。そのがらんとなった窓《まど》のあとをかっこうが矢《や》のように外《そと》へ飛《と》び出《だ》しました。そしてもうどこまでもどこまでもまっすぐに飛《と》んで行《い》って、とうとう見《み》えなくなってしまいました。ゴーシュはしばらくあきれたように外《そと》を見《み》ていましたが、そのまま倒《たお》れるように部屋《へや》のすみへころがって眠《ねむ》ってしまいました。

次《つぎ》の晩《ばん》もゴーシュは夜《よ》中《なか》過《す》ぎまでセロを弾《ひ》いてつかれて水《みず》を一杯《いっぱい》のんでいますと、また

(1) 長《なが》さの単位《たんい》。1寸《いっすん》は1尺《いっしゃく》の10分《ぶん》の1の長《なが》さで、およそ3センチ。

戸《と》をこつこつ叩《たた》くものがあります。

今夜《こんや》はなにが来《き》ても、ゆうべのかっこうのようにはじめからおどかして追《お》ってやろうと思《おも》って、コップをもったまま待《ま》ち構《かま》えておりますと、戸《と》がすこしあいて一匹《いっぴき》のたぬきの子《こ》がはいってきました。ゴーシュはそこでその戸《と》をもう少《すこ》し広《ひろ》く開《ひら》いて置《お》いて、どんと足《あし》を踏《ふ》んで、

「こら、たぬき、おまえはたぬき汁《じる》ということを知《し》っているかっ」とどなりました。するとたぬきの子《こ》はぼんやりした顔《かお》をしてきちんと床《ゆか》へすわったまま、どうもわからないというように首《くび》をまげて考《かんが》えていましたが、しばらくたって、

「たぬき汁《じる》ってぼく知《し》らない」といいました。ゴーシュはその顔《かお》を見《み》て思《おも》わず吹《ふ》き出《だ》そうとしましたが、まだ無理《むり》に恐《こわ》い顔《かお》をして、

「では教《おし》えてやろう。たぬき汁《じる》というのはな。おまえのようなたぬきをな、甘藍《キャベジ》や塩《しお》とまぜてくたくたと煮《に》ておれさまの食《く》うようにしたものだ」といいました。するとたぬきの子《こ》はまたふしぎそうに、

「だってぼくのお父《とう》さんがね、ゴーシュさんはとてもいい人《ひと》で恐《こわ》くないから行《い》って習《なら》えといったよ」といいました。そこでゴーシュもとうとう笑《わら》い出《だ》してしまいました。

「なにを習《なら》えといったんだ。おれはいそがしいんじゃないか。それに眠《ねむ》いんだよ」

たぬきの子《こ》はにわかに勢《いきお》いがついたように一足前《ひとあしまえ》へ出《で》ました。

「ぼくは小太鼓《こだいこ》の係《かかり》でねえ。セロへ合《あ》わせてもらって来《こ》いといわれたんだ」

「どこにも小太鼓《こだいこ》がないじゃないか」

「そら、これ」

たぬきの子《こ》はせなかから棒《ぼう》きれを二本出《にほんだ》しました。

「それでどうするんだ」

「ではね、『愉快《ゆかい》な馬車屋《ばしゃや》』を弾《ひ》いてください」

「なんだ愉快《ゆかい》な馬車屋《ばしゃや》ってジャズか」

「ああ、この譜《ふ》だよ」

たぬきの子《こ》はせなかからまた一枚《いちまい》の譜《ふ》をとり出《だ》しました。ゴーシュは手《て》にとって笑《わら》い出《だ》しました。

「ふう、変《へん》な曲《きょく》だなあ。よし、さあ弾《ひ》くぞ。おまえは小太鼓《こだいこ》を叩《たた》くのか」

ゴーシュはたぬきの子《こ》がどうするのかと思《おも》って、ちらちらそっちを見《み》ながら弾《ひ》きはじめました。

するとたぬきの子《こ》は棒《ぼう》をもってセロの(1)駒《こま》の下《した》のところを拍子《ひょうし》をとってぽんぽん叩《たた》きはじめました。それがなかなかうまいので、弾《ひ》いているうちにゴーシュはこれは面白《おもしろ》いぞと思《おも》いました。

おしまいまで弾《ひ》いてしまうと、たぬきの子《こ》はしばらく首《くび》をまげて考《かんが》えました。

それからやっと考《かんが》えついたというようにいいました。

「ゴーシュさんはこの二番目《にばんめ》の糸《いと》を弾《ひ》くときは(2)きたいに遅《おく》れるねえ。なんだかぼくがつまずくようになるよ」

ゴーシュははっとしました。たしかにその糸《いと》はどんなに手早《てばや》く弾《ひ》いても、すこしたってからでないと音《おと》が出《で》ないような気《き》がゆうべからしていたのでした。

「いや、そうかもしれない。このセロは悪《わる》いんだよ」とゴーシュはかなしそうにいいました。するとたぬきは気《き》の毒《どく》そうにしてまたしばらく考《かんが》えていましたが、

「どこが悪《わる》いんだろうなあ。ではもう一《いっ》ぺん弾《ひ》いてくれますか」

「いいとも弾《ひ》くよ」

(1) 楽器本体《がっきほんたい》と弦《げん》が直接《ちょくせつ》触《ふ》れないように支《ささ》えている部品《ぶひん》。(2) みょうに。

ゴーシュははじめました。たぬきの子《こ》はさっきのようにとんとん叩《たた》きながら時々《ときどき》頭《あたま》をまげてセロに耳《みみ》をつけるようにしました。そしておしまいまで来《き》たときは今夜《こんや》もまた東《ひがし》がぼうと明《あか》るくなっていました。

「ああ夜《よ》が明《あ》けたぞ。どうもありがとう」

たぬきの子《こ》はたいへんあわてて譜《ふ》や棒《ぼう》きれをせなかへしょって、ゴムテープでぱちんととめておじぎを二《ふた》つ三《みっ》つすると、急《いそ》いで外《そと》へ出《で》て行《い》ってしまいました。

ゴーシュはぼんやりしてしばらくゆうべのこわれたガラスからはいってくる風《かぜ》を吸《す》っていましたが、町《まち》へ出《で》て行《い》くまで眠《ねむ》って元気《げんき》をとり戻《もど》そうと、急《いそ》いでねどこへもぐり込《こ》みました。

次《つぎ》の晩《ばん》もゴーシュは夜通《よどお》しセロを弾《ひ》いて、明方近《あけがたちか》く思《おも》わずつかれて楽譜《がくふ》をもったままうとうとしていますと、また誰《だれ》か戸《と》をこつこつと叩《たた》くものがあります。それもまるで聞《き》こえるか聞《き》こえないかのくらいでしたが、毎晩《まいばん》のことなのでゴーシュはすぐ聞《き》きつけて「おはいり」といいました。すると戸《と》のすきまからはいって来《き》たのは一匹《いっぴき》の野《の》ねずみでした。そしてたいへんちいさな子《こ》どもをつれてちょろちょろとゴーシュの前《まえ》へ歩《ある》いてきました。そのまた野《の》ねずみの子《こ》どもときたら、まるでけしごむのくらいしかないのでゴーシュはおもわず笑《わら》いました。すると野《の》ねずみは、なにを笑《わら》われたろうというようにきょろきょろしながらゴーシュの前《まえ》に来《き》て、青《あお》い栗《くり》の実《み》を一《ひと》つぶ前《まえ》に置《お》いてちゃんとおじぎをしていいました。

「先生《せんせい》、この子《こ》があんばい⑴がわるくて死《し》にそうでございますが、先生《せんせい》、お慈悲《じひ》⑵になおしてやってくださいまし」

「おれが医者《いしゃ》などやれるもんか」

ゴーシュはすこしむっとしていいました。すると野《の》ねずみのお母《かあ》さんは下《した》を向《む》いてしばらくだまっていましたが、また思《おも》い切《き》ったようにいいました。

「先生《せんせい》、それはうそでございます。先生《せんせい》は毎日《まいにち》あんなに上手《じょうず》にみんなの病気《びょうき》をなおしておいでになるではありませんか」

「なんのことだかわからんね」

「だって先生《せんせい》、先生《せんせい》のおかげで、うさぎさんのおばあさんもなおりましたし、たぬきさんのお父《とう》さんもなおりましたし、あんな意地悪《いじわる》のみみずくまでなおしていただいたのに、こ

（1）具合《ぐあい》。ほどあい。特《とく》に健康状態《けんこうじょうたい》について使《つか》う。（2）いつくしみの心《こころ》で。

の子《こ》ばかりお助《たす》けをいただけないとはあんまり情《なさ》けないことでございます」

「おいおい、それはなにかのまちがいだよ。おれはみみずくの病《びょう》気《き》なんどなおしてやったことはないからな。もっともたぬきの子《こ》はゆうべ来《き》て楽《がく》隊《たい》のまねをして行《い》ったがね。ははん」

ゴーシュは呆《あき》れてその子《こ》ねずみを見《み》おろして笑《わら》いました。

すると野《の》ねずみのお母《かあ》さんは泣《な》き出《だ》してしまいました。

「ああこの子《こ》はどうせ病《びょう》気《き》になるならもっと早《はや》くなればよかった。さっきまであれくらいごうごうと鳴《な》らしておいでになったのに、病《びょう》気《き》になるといっしょにぴたっと音《おと》がとまって、もうあとはいくらおねがいしても鳴《な》らしてくださらないなんて。なんてふしあわせな子《こ》どもだろう」

ゴーシュはびっくりして叫《さけ》びました。

「なんだと、ぼくがセロを弾《ひ》けばみみずくやうさぎの病《びょう》気《き》がなおると。どういうわけだ。それは」

野《の》ねずみは目《め》を片《かた》手《て》でこすりこすりいいました。

「はい、ここらのものは病《びょう》気《き》になると、みんな先《せん》生《せい》のおうちの床《ゆか》下《した》にはいってなおすのでございます」

「するとなおるのか。」

「はい。からだ中《じゅう》とても血《ち》のまわりがよくなってたいへんいい気持《きも》ちで、すぐなおる方《かた》もあれば、うちへ帰《かえ》ってからなおる方《かた》もあります」

「ああそうか。おれのセロの音《おと》がごうごうひびくと、それがあんま(1)の代《か》わりになっておまえたちの病気《びょうき》がなおるというのか。よし。わかったよ。やってやろう」

ゴーシュはちょっとギュウギュウと糸《いと》を合《あ》わせて、それからいきなり野《の》ねずみの子《こ》どもをつまんでセロの穴《あな》から中《なか》へ入《い》れてしまいました。

「わたしもいっしょについて行《い》きます。どこの病院《びょういん》でもそうですから」

おっかさんの野《の》ねずみは、きちがいのようになってセロに飛《と》びつきました。

「おまえさんもはいるかね」

セロ弾《ひ》きはおっかさんの野《の》ねずみをセロの穴《あな》からくぐしてやろうとしましたが、顔《かお》が半分《はんぶん》しかはいりませんでした。

(1) マッサージ。

野《の》ねずみはばたばたしながら中《なか》の子《こ》どもに叫《さけ》びました。

「おまえそこはいいかい。落《お》ちるとき、いつも教《おし》えるように足《あし》をそろえてうまく落《お》ちたかい」

「いい。うまく落《お》ちた」

子《こ》どものねずみは、まるで蚊《か》のような小《ち》さな声《こえ》でセロの底《そこ》で返事《へんじ》しました。

「大丈夫《だいじょうぶ》さ。だから泣《な》き声出《ごえだ》すなというんだ」

ゴーシュはおっかさんのねずみを下《した》におろして、それから弓《ゆみ》をとってなんとかラプソディ(1)とかいうものをごうごうがあがあ弾《ひ》きました。するとおっかさんのねずみはいかにも心配《しんぱい》そうにその音《おと》の具合《ぐあい》を聞《き》いていましたが、とうとうこらえ切《き》れなくなったふうで、

「もうたくさんです。どうか出《だ》してやってください」といいました。

「なあんだ、これでいいのか」

ゴーシュはセロをまげて穴《あな》のところに手《て》をあてて待《ま》っていましたら、間《ま》もなく子《こ》どものねずみが出《で》てきました。ゴーシュは、だまってそれをおろしてやりました。見《み》るとすっか

(1) 曲《きょく》の種類《しゅるい》。自由《じゆう》な形式《けいしき》で民話《みんわ》や神話《しんわ》の内容《ないよう》を表現《ひょうげん》した音楽《おんがく》。

り目《め》をつぶってぶるぶるぶるぶるふるえていました。

「どうだったの。いいかい。気分《きぶん》は」

子《こ》どものねずみはすこしもへんじもしないで、まだしばらく目《め》をつぶったままぶるぶるぶるぶるふるえていましたが、にわかに起《お》きあがって走《はし》り出《だ》しました。

「ああよくなったんだ。ありがとうございます。ありがとうございます」

おっかさんのねずみもいっしょに走《はし》っていましたが、まもなくゴーシュの前《まえ》に来《き》てしきりにおじぎをしながら、

「ありがとうございます、ありがとうございます」と十《とお》ばかりいいました。

ゴーシュはなんだかかわいそうになって、

「おい、おまえたちはパンはたべるのか」とききました。

すると野《の》ねずみはびっくりしたようにきょろきょろあたりを見《み》まわしてから、

「いえ、もうおパンというものは小麦《こむぎ》の粉《こな》をこねたりむしたりしてこしらえたもので、ふくふくふくらんでいておいしいものなそうでございますが、そうでなくても私《わたくし》どもはおうちの戸棚《とだな》へなど参《まい》ったこともございませんし、ましてこれくらいお世話《せわ》になりながらどうしてそれを運《はこ》びになんど参《まい》れましょう」といいました。

「いや、そのことではないんだ。ただたべるのかときいたんだ。ではたべるんだな。ちょっと待《ま》てよ。その腹《はら》の悪《わる》い子《こ》どもへやるからな」

ゴーシュはセロを床《ゆか》へ置《お》いて戸棚《とだな》からパンを一《ひと》つまみむしって野《の》ねずみの前《まえ》へ置《お》きました。

野《の》ねずみはもうまるでばかのようになって、泣《な》いたり笑《わら》ったりおじぎをしたりしてから、大《だい》じそうにそれをくわえて子《こ》どもをさきに立《た》てて外《そと》へ出《で》て行《い》きました。

「あああ。ねずみと話《はなし》するのもなかなかつかれるぞ」

ゴーシュはねどこへどっかり倒《たお》れて、すぐぐうぐう眠《ねむ》ってしまいました。

それから六日目《むいかめ》の晩《ばん》でした。金星音楽団《きんせいおんがくだん》の人《ひと》たちは、町《まち》の公会堂《こうかいどう》のホールの裏《うら》にある控《ひかえ》室《しつ》へみんなぱっと顔《かお》をほてらしてめいめい楽器《がっき》をもって、ぞろぞろホールの舞台《ぶたい》から引《ひ》きあげて来《き》ました。首尾《しゅび》よく第六交響曲《だいろくこうきょうきょく》を仕上《しあ》げたのです。ホールでは拍手《はくしゅ》の音《おと》がまだ嵐《あらし》のように鳴《な》っております。楽長《がくちょう》はポケットへ手《て》をつっ込《こ》んで、拍手《はくしゅ》なんかどうでもいいというようにのそのそみんなの間《あいだ》を歩《ある》きまわっていましたが、じつはどうしてうれしさでいっぱいなのでした。みんなはたばこをくわえてマッチをすったり楽器《がっき》をケースへ入《い》れたりしました。

ホールはまだぱちぱち手《て》が鳴《な》っています。それどころではなくいよいよそれが高《たか》くなって、なんだか恐《こわ》いような手《て》がつけられないような音《おと》になりました。大《おお》きな白《しろ》いリボンを胸《むね》につけた司会者《しかいしゃ》がはいって来《き》ました。

「アンコールをやっていますが、なにかみじかいものでも聞《き》かせてやってくださいませんか」

すると楽長《がくちょう》がきっとなって答《こた》えました。

「いけませんな。こういう大物《おおもの》のあとへなにを出《だ》したって、こっちの気《き》のすむようには行《い》くもんでないんです」

「では楽長《がくちょう》さん、出《で》てちょっと挨拶《あいさつ》してください」

「だめだ。おい、ゴーシュ君《くん》、なにか出《で》て弾《ひ》いてやってくれ」

「わたしがですか」

ゴーシュはあっけにとられました。

「君《きみ》だ、君《きみ》だ」

ヴァイオリンの一番《いちばん》の人《ひと》がいきなり顔《かお》をあげていいました。

「さあ出《で》て行《い》きたまえ」

楽長《がくちょう》がいいました。みんなもセロをむりにゴーシュに持《も》たせて戸《と》をあけると、いきなり舞《ぶ》台《たい》へゴーシュを押《お》し出《だ》してしまいました。ゴーシュがその穴《あな》のあいたセロを持《も》ってじつに困《こま》ってしまって舞《ぶ》台《たい》へ出《で》ると、みんなはそら見《み》ろというようにいっそうひどく手《て》を叩《たた》きました。わあと叫《さけ》んだものもあるようでした。

「どこまでひとをばかにするんだ。よし見《み》ていろ。インドの虎《とら》狩《が》りを弾《ひ》いてやるから」

ゴーシュはすっかり落《お》ちついて舞《ぶ》台《たい》のまん中《なか》へ出《で》ました。

それからあの猫《ねこ》の来《き》たときのように、まるで怒《おこ》った象《ぞう》のような勢《いきお》いで虎《とら》狩《が》りを弾《ひ》きました。ところが聴衆《ちょうしゅう》はしいんとなって一生《いっしょう》けん命《めい》聞《き》いています。ゴーシュはどんどん弾《ひ》きました。猫《ねこ》が切《せつ》ながってぱちぱち火花《ひばな》を出《だ》したところも過《す》ぎました。戸《と》へからだをなんべんもぶっつけた所《ところ》も過《す》ぎました。

曲《きょく》が終《お》わるとゴーシュはもうみんなの方《ほう》などは見《み》もせず、ちょうどその猫《ねこ》のようにすばやくセロをもって楽屋《がくや》へ逃《に》げ込《こ》みました。すると楽屋《がくや》では、楽長《がくちょう》はじめ仲間《なかま》がみんな火事《かじ》にでもあったあとのように目《め》をじっとしてひっそりとすわり込《こ》んでいます。ゴーシュはやぶれかぶれだと思《おも》ってみんなの間《あいだ》をさっさとあるいて行《い》って、向《む》こうの長椅子《ながいす》へどっかりとからだをおろして足《あし》を組《く》んですわりました。

するとみんなが一《いっ》ぺんに顔《かお》をこっちへ向《む》けてゴーシュを見《み》ましたが、やはりまじめでべつに笑《わら》っているようでもありませんでした。

「今夜《こんや》は変《へん》な晩《ばん》だなあ」

ゴーシュは思《おも》いました。ところが楽長《がくちょう》は立《た》っていいました。

「ゴーシュ君《くん》、よかったぞお。あんな曲《きょく》だけれどもここではみんなかなり本気《ほんき》になって聞《き》いてたぞ。一週間《いっしゅうかん》か十日《とおか》の間《あいだ》にずいぶん仕上《しあ》げたなあ。十日前《とおかまえ》とくらべたらまるで赤《あか》ん坊《ぼう》と兵隊《へいたい》だ。やろうと思《おも》えばいつでもやれたんじゃないか、君《きみ》」

仲間《なかま》もみんな立《た》って来《き》て「よかったぜ」とゴーシュにいいました。

「いや、からだが丈夫《じょうぶ》だからこんなこともできるよ。普通《ふつう》の人《ひと》なら死《し》んでしまうからな」

楽長《がくちょう》が向《む》こうでいっていました。

その晩遅《ばんおそ》くゴーシュはじぶんのうちへ帰《かえ》って来《き》ました。

そしてまた水《みず》をがぶがぶのみました。それから窓《まど》をあけて、いつかかっこうの飛《と》んで行《い》ったと思《おも》った遠《とお》くのそらをながめながら、

「ああ、かっこう。あのときはすまなかったなあ。おれは怒《おこ》ったんじゃなかったんだ」といいました。

雨《あめ》ニモマケズ

雨《あめ》ニモマケズ
風《かぜ》ニモマケズ
雪《ゆき》ニモ夏《なつ》ノ暑《あつ》サニモマケヌ
丈夫《じょうぶ》ナカラダヲモチ
欲《よく》ハナク
決《けっ》シテイカラズ
イツモシズカニワラッテイル
一日《いちにち》ニ玄米《げんまい》四合《よんごう》ト
味噌《みそ》ト少《すこ》シノ野菜《やさい》ヲタベ
アラユルコトヲ

ジブンヲカンジョウニ入《い》レズニ
ヨクミキキシワカリ
ソシテワスレズ
野《の》原《はら》ノ松《まつ》ノ林《はやし》ノ蔭《かげ》ノ
小《ちい》サナカヤブキ(1)ノ小屋《こや》ニイテ
東《ひがし》ニ病《びょう》気《き》ノコドモアレバ
行《い》ッテ看病《かんびょう》シテヤリ
西《にし》ニツカレタ母《はは》アレバ
行《い》ッテソノ稲《いね》ノ束《たば》ヲ負《お》イ
南《みなみ》ニ死《し》ニソウナ人《ひと》アレバ
行《い》ッテコワガラナクテモイイトイイ
北《きた》ニケンカヤソショウガアレバ
ツマラナイカラヤメロトイイ

(1) ススキなどの植物《しょくぶつ》でおおわれた屋根《やね》。

ヒドリ[1]ノトキハナミダヲナガシ
サムサノナツハオロオロアルキ
ミンナニデクノボートヨバレ
ホメラレモセズ
クニモサレズ
ソウイフモノニ
ワタシハナリタイ

（1）原文《げんぶん》はヒドリと書《か》かれているが、ヒデリ（＝日《ひ》照《で》り）の間違《まちが》いだと考《かんが》えられている。

今《いま》と遠《とお》い日《ひ》をつなぐきらめき

～読《どく》書《しょ》感《かん》想《そう》文《ぶん》のヒント～

東京大学新月お茶の会《とうきょうだいがくしんげつおちゃのかい》
有野在人《ありのありと》

　みなさんが、はじめて宮沢賢治《みやざわけんじ》に出会《であ》ったのはいつですか？　今読《いまよ》んでいるこの本《ほん》が初《はじ》めてでしょうか。教科書《きょうかしょ》などで読《よ》んだことがあるという人《ひと》もいるかもしれません。もちろん、いつだったかなんて忘《わす》れてしまったよという人《ひと》も。

　私《わたし》も最初《さいしょ》の出会《であ》いとなると、実《じつ》ははっきりとは思《おも》い出《だ》せません。ですが、子供《こども》のころ賢治体験《けんじたいけん》でよく覚《おぼ》えていることがあります。それは小学生《しょうがくせい》の頃《ころ》に聞《き》いた朗読《ろうどく》です。賢治《けんじ》の童話《どうわ》に出《で》てくるいろいろな歌《うた》が（この本《ほん》の「双子《ふたご》の星《ほし》」を思《おも》い出《だ》してみてください）、朗《ろう》読《どく》になるとリズムがつきます。それがとても気持《きも》ちよく耳《みみ》に入《はい》ってくるのです。聞《き》き終《お》わったあともなんだか楽《たの》しくて、ずっと口《くち》ずさんでいました。

朗読《ろうどく》のなかには、「よだかの星《ほし》」のように残酷《ざんこく》で哀《かな》しい童話《どうわ》もいくつかありました。そういうお話《はなし》ですと、なんだか楽《たの》しくなるというわけにはいきませんが、かといって暗《くら》くてイヤな気持《きも》ちになることも不思議《ふしぎ》とありませんでした。むしろ、耳《みみ》に入《はい》ってきた一場面一場面《いちばめんいちばめん》は深《ふか》く心《こころ》に染《し》み入《い》り、「うーん」と考《かんが》えさせられたことを今《いま》でも覚《おぼ》えています。明《あか》るいお話《はなし》もあり、哀《かな》しいストーリーもあり、そのどちらもがいつの間《ま》にか心《こころ》のなかで大事《だいじ》なものになっている。それが子《こ》どものころの私《わたし》にとっての、賢治《けんじ》の童話《どうわ》の力《ちから》でした。

あれからずいぶんたって、私《わたし》も大人《おとな》になってしまいました。同《おな》じ賢治《けんじ》の童話《どうわ》を読《よ》んでいても、考《かんが》えることも感《かん》じることも子供《こども》のころとはだいぶ違《ちが》っています。それでも、心《こころ》にすっと入《はい》ってくる力《ちから》だけは昔《むかし》と変《か》わらず、改《あらた》めてその懐《ふところ》の深《ふか》さに驚《おどろ》かされます。

みなさんはこの本《ほん》を読《よ》んでみて、どのように思《おも》われたでしょう？

宮沢賢治《みやざわけんじ》について

宮沢賢治《みやざわけんじ》は一八九六年《ねん》に岩手県《いわてけん》の花巻《はなまき》に生《う》まれました。実家《じっか》は古着《ふるぎ》・質屋《しちや》を営《いとな》んでいて、とても裕福《ゆうふく》な商家《しょうか》でした。賢治《けんじ》は自分《じぶん》の家《いえ》がお金《かね》もちであることに早《はや》くから負《お》い目《め》を感《かん》じていて、成長《せいちょう》してからも何度《なんど》となく家業《かぎょう》に反発《はんぱつ》します。こうした賢治《けんじ》の感情《かんじょう》は、彼《かれ》が熱心《ねっしん》に信仰《しんこう》した法華経《ほけきょう》の宗教観《しゅうきょうかん》と共《とも》に、生《い》きていることの罪《つみ》や、だれかのかわりに自分《じぶん》が死《し》ぬといったテーマを作品《さくひん》のなかに投《な》げかけることになります。

賢治《けんじ》が農業《のうぎょう》を研究《けんきゅう》する科学者《かがくしゃ》でもあったことはご存知《ぞんじ》でしょうか？　盛岡高等農林学校《もりおかこうとうのうりんがっこう》にいたころの彼《かれ》は、研究生《けんきゅうせい》として地質調査《ちしつちょうさ》を行《おこな》っています。また一九二一年《ねん》から一九二六年《ねん》までは稗貫農学校《ひえぬきのうがっこう》の教師《きょうし》をし、その間《あいだ》に岩手県国民高等学校《いわてけんこくみんこうとうがっこう》で講師《こうし》として農民芸術《のうみんげいじゅつ》論《ろん》を教《おし》えたこともありました。

一九二六年《ねん》に農学校《のうがっこう》を退職《たいしょく》した賢治《けんじ》は、やがて羅須地人協会《らすちじんきょうかい》を設立《せつりつ》して、農民《のうみん》に稲作《いなさく》の指導《しどう》をします。農民《のうみん》とふれあい続《つづ》けた賢治《けんじ》は、彼《かれ》らの貧《まず》しい生活《せいかつ》を間近《まぢか》で見《み》ることになりました。人一倍感受性《ひといちばいかんじゅせい》ゆたかな賢治《けんじ》は、自分《じぶん》の裕福《ゆうふく》な環境《かんきょう》への罪《つみ》の意識《いしき》をより深《ふか》めたことでしょう。

賢治《けんじ》が三十七年《さんじゅうななねん》という短《みじか》い生涯《しょうがい》の間《あいだ》に出版《しゅっぱん》したのは、『春《はる》と修羅《しゅら》』と『注文《ちゅうもん》の多《おお》い料理《りょうり》店《てん》』のたった二冊《にさつ》だけで、彼《かれ》の存在《そんざい》はほとんど知《し》られていませんでした。しかし、彼《かれ》の死《し》後《ご》に草野心平《くさのしんぺい》や高村光太郎《たかむらこうたろう》といった人《ひと》たちの努力《どりょく》で、「銀河鉄道《ぎんがてつどう》の夜《よる》」や「風《かぜ》の又三郎《またさぶろう》」などが注目《ちゅうもく》されるようになり、今《いま》にいたるまで多《おお》くの人《ひと》に読《よ》み継《つ》がれる作家《さっか》になりました。

宮沢賢治《みやざわけんじ》の童話《どうわ》について

この本《ほん》には主《おも》に宮沢賢治《みやざわけんじ》の童話《どうわ》が入《はい》っていますが、「童話《どうわ》」というと、みなさんはどんなイメージがあるでしょうか？　子供《こども》のために作《つく》られた物語《ものがたり》、動物《どうぶつ》たちが言葉《ことば》を話《はな》す、明《あか》るい雰囲気《ふんいき》でハッピーエンド……などなど。みなさんの考《かんが》える童話《どうわ》も、そんなイメージなのではないかと思《おも》います。

しかし、賢治《けんじ》の童話《どうわ》はそうしたものばかりではありません。明《あか》るく穏《おだ》やかな話《はなし》ももちろんありますが、ときに残酷《ざんこく》で、哀《かな》しさを残《のこ》す作品《さくひん》も賢治《けんじ》はたくさん書《か》きました。それは彼《かれ》が悲観的《ひかんてき》な人《ひと》だったからではおそらくありません。むしろ彼《かれ》は人《ひと》にとってのしあわせとはどんなものなのかをとても真剣《しんけん》に考《かんが》えていたからでしょう。だからこそ、賢治《けんじ》の作品《さくひん》は哀《かな》しくても心《こころ》に染《し》み入《い》り、子供《こども》だけでなく大人《おとな》まで、幅広《はばひろ》い世代《せだい》で愛《あい》されているのです。

それでは作品《さくひん》ひとつひとつを見《み》てみましょう。

銀河鉄道《ぎんがてつどう》の夜《よる》——賢治《けんじ》は一九二四年《ねん》ごろから書《か》き始《はじ》めたこの作品《さくひん》を、死《し》ぬ直前《ちょくぜん》まで何度《なんど》も書《か》き直《なお》し、惜《お》しくも未完《みかん》となってしまいました。どうしても銀河鉄道《ぎんがてつどう》に乗《の》ってからの幻《げん》想的《そうてき》なシーンの印象《いんしょう》が強《つよ》いですが、ジョバンニが活版所《かっぱんじょ》の大人《おとな》たちから冷《つめ》たくされ、ザネリたち学校《がっこう》の同級生《どうきゅうせい》からもお父《とう》さんのことでからかわれてひとりぼっちだという「現《げん》実《じつ》」の苦《にが》さも大《おお》きな特徴《とくちょう》です。

　この作品《さくひん》には一九二二年《ねん》に賢治《けんじ》の妹《いもうと》トシが亡《な》くなったことが大《おお》きくかかわっていると言《い》われています。死《し》んでいった人《ひと》は幸《しあわ》せになるのだろうか、残《のこ》された人《ひと》はどうやって生《い》きていくのだろう。そうした切実《せつじつ》な問《と》いかけがこの童話《どうわ》からは聞《き》こえます。

　死《し》んでいったカムパネルラたちは幻想的《げんそうてき》な銀河《ぎんが》に旅立《たびだ》っていきました。しかし一方《いっぽう》のジョバンニはひとり目《め》を覚《さ》まし、この世《よ》に残《のこ》されます。最後《さいご》に母親《ははおや》のもとへ、現実《げんじつ》へと戻《もど》っていくジョバンニは、ザネリの代《か》わりに犠牲《ぎせい》となったカムパネルラとは別《べつ》の生《い》き方《かた》を探《さが》しているのでしょう。広《ひろ》がる壮大《そうだい》な銀河《ぎんが》だけでなく、重《おも》くのしかかる現実《げんじつ》にそれでも向《む》き合《あ》っていくジョバンニの姿《すがた》も「銀河鉄道《ぎんがてつどう》の夜《よる》」が持《も》つきらめきの一《ひと》つなのです。

　双子《ふたご》の星《ほし》——この本《ほん》に入《はい》っているなかでもとくに明《あか》るいお話《はなし》で、「童話《どうわ》」というイメージに一番近《いちばんちか》い作品《さくひん》なのではないでしょうか。「雨《あめ》ニモマケズ」に書《か》かれているのと同《おな》じように、チュンセとポウセは喧嘩《けんか》している大烏《おおがらす》と蠍《さそり》の間《あいだ》に入《はい》って、蠍《さそり》を改心《かいしん》させ、最後《さいご》にはよいことをしていたおかげで、彗星《すいせい》の陰謀《いんぼう》から無事助《ぶじたす》かることができています。

無邪気《むじゃき》な二人《ふたり》の姿《すがた》は、残酷《ざんこく》なお話《はなし》も多《おお》い賢治《けんじ》の童話《どうわ》のなかでひときわまぶしく輝《かがや》いています。賢治《けんじ》は、お話《はなし》のなかの「星《ほし》めぐりの歌《うた》」に曲《きょく》をつけたり、この双子《ふたご》のエピソードを「銀河鉄道《ぎんがてつどう》の夜《よる》」でもちらっと出《だ》したりしています。また、この本には収録されていませんが、「手紙《てがみ》 四《よん》」という作品《さくひん》には、チュンセ・ポウセという同《おな》じ名前《なまえ》の兄妹《きょうだい》が登場《とうじょう》しています。双子《ふたご》のまっすぐな純真《じゅんしん》さは、作者自身《さくしゃじしん》にとってもまぶしいものだったのでしょうか。

よだかの星《ほし》——みにくく、だれからも嫌《きら》われているよだかは、「銀河鉄道《ぎんがてつどう》の夜《よる》」のジョバンニと同《おな》じように、ひとりぼっちなキャラクターです。鷹《たか》には名前《なまえ》を「市蔵《いちぞう》」に変《か》えないと殺《ころ》すとおどされ、一方《いっぽう》ではかぶとむしや羽虫《はむし》を殺《ころ》して食《た》べながら生《い》きなければならない自分《じぶん》に、よだかはほとほと嫌気《いやけ》がさします。賢治《けんじ》が感《かん》じていたような、「生《い》きていることの罪《つみ》」をよだかも知《し》ってしまったのです。

空《そら》に向《む》かって飛《と》んだよだかが天空《てんくう》の星々《ほしぼし》にやさしく導《みちび》かれるのではなく、彼《かれ》らにまで冷《つめ》たくあしらわれるところに、この作品《さくひん》の徹底《てってい》した孤独《こどく》がうかがえるでしょう。よだかが誰《だれ》の力《ちから》も借《か》りず、たった一人《ひとり》で聖《せい》なる星《ほし》になっていく最後《さいご》の場面《ばめん》には、哀《かな》しいまでの美《うつく》しさがあります。

土神《つちがみ》ときつね――樺《かば》の木《き》に思《おも》いを寄《よ》せた土神《つちがみ》ときつねの葛藤《かっとう》をとらえたお話《はなし》です。狐《きつね》というと、ずるがしこいイヤなやつというイメージがありませんか？　ですが、賢治《けんじ》は狐《きつね》を単《たん》なるイヤなやつにするのではなく、見栄《みえ》を張《は》ってつい嘘《うそ》をついてしまい、反省《はんせい》するものの、やめられないという深《ふか》みのあるキャラクターにしました。土神《つちがみ》の方《ほう》も、樺《かば》の木《き》と親《した》しげにするきつねを羨《うらや》ましがり、立派《りっぱ》な神様《かみさま》という理想像《りそうぞう》との落差《らくさ》に苦《くる》しむ、とても人間臭《にんげんくさ》いキャラクターです。

きつねは自分《じぶん》がついた嘘《うそ》のために土神《つちがみ》に殺《ころ》されてしまい、土神《つちがみ》も嫉妬《しっと》のためにきつねの本当《ほんとう》の姿《すがた》に取返《とりかえ》しがつかなくなるまで気《き》づけませんでした。死《し》ぬことによってしか自分《じぶん》の性格《せいかく》から抜《ぬ》け出《だ》せなかったきつねが最後《さいご》に見《み》せる笑顔《えがお》は、独特《どくとく》な凄《すご》みを帯《お》びています。

セロ弾《ひ》きのゴーシュ――賢治《けんじ》は羅須地人協会《らすちじんきょうかい》を作《つく》ったとき、農民《のうみん》たちの楽団《がくだん》を作《つく》り、自分《じぶん》が作《つく》った曲《きょく》を演奏《えんそう》しようとチェロを買《か》って練習《れんしゅう》しました。そのときの経験《けいけん》が、この物語《ものがたり》に生《い》かされていると言《い》われています。

セロ（チェロ）がへたくそな楽団員《がくだんいん》ゴーシュ（フランス語《ご》のgauche《ゴーシュ》には「下手《へた》な、不器用《ぶきよう》な」という意味《いみ》があります）は、家《いえ》で猛練習《もうれんしゅう》をしながら動物《どうぶつ》たちとユーモラスな交流《こうりゅう》をして、彼《かれ》らを助《たす》けてやったりもします。しかし実《じつ》は動物《どうぶつ》たちとのささやかな交《まじ》わりのなかで、ゴーシュは一人《ひとり》の練習《れんしゅう》では得《え》られない大事《だいじ》なアドバイスをもらい、演奏《えんそう》が上達《じょうたつ》し、荒《あら》っぽかった性格《せいかく》も穏《おだ》やかになっていきます。冒頭《ぼうとう》では楽長《がくちょう》に怒《おこ》られてふてくされていたゴーシュが、演奏会《えんそうかい》で成功《せいこう》したあと最後《さいご》の場面《ばめん》でかっこうに謝《あやま》っているシーンは、彼《かれ》の成《せい》長《ちょう》を少《すこ》しせつなく切《き》り取《と》っています。

雨《あめ》ニモマケズ——賢治《けんじ》の詩《し》のなかでも特《とく》に有名《ゆうめい》な代表的《だいひょうてき》な詩《し》です。賢治《けんじ》が実家《じっか》の花巻《はなまき》で病気《びょうき》と闘《たたか》っていた一九三一年《ねん》に使《つか》っていた手帳《てちょう》に書《か》き込《こ》まれていたものです。この手《て》帳《ちょう》は今《いま》では「雨《あめ》ニモマケズ手帳《てちょう》」と呼《よ》ばれています。詩《し》の全体《ぜんたい》をとおして、賢治《けんじ》が「こういう人《ひと》でありたい」と思《おも》った理想《りそう》の姿《すがた》が描《えが》かれています。

賢治《けんじ》の思《おも》い描《えが》いた理想像《りそうぞう》というと、「銀河鉄道《ぎんがてつどう》の夜《よる》」の蝎《さそり》やカムパネルラのように、自《じ》分《ぶん》を身代《みが》わりにしてだれかを救《すく》うキャラクターが思《おも》い出《だ》されますが、この詩《し》が見《み》せているのはそういった壮大《そうだい》なものではなく、地《ち》に足《あし》のついた等身大《とうしんだい》の理想像《りそうぞう》だと言《い》われています。

確《たし》かに、カムパネルラになれるかというと難《むずか》しいですが、この詩《し》のような「デクノボー」を目指《めざ》すことはもしかしたらできるのかもしれません。

最後《さいご》に、この本《ほん》を読《よ》み終《お》わった人《ひと》に向《む》けて。宮沢賢治《みやざわけんじ》は、作品《さくひん》を何度《なんど》も書《か》き直《なお》す作家《さっか》でした。ですので、多《おお》くの作品《さくひん》が複数《ふくすう》のバージョンを持《も》っています。たとえば、「銀河鉄道《ぎんがてつどう》の夜《よる》」には四《よっ》つのバージョンがあります。それぞれのバージョンの違《ちが》いを見比《みくら》べてみるのも、賢治《けんじ》作品《さくひん》を読《よ》む醍醐味《だいごみ》なのです。ぜひ一度《いちど》試《ため》してみてください。

何年《なんねん》もたって、みなさんがまた読《よ》み返《かえ》してみたとき、宮沢賢治《みやざわけんじ》の作品《さくひん》はきっとまた違《ちが》った顔《かお》を見《み》せてくれることでしょう。賢治《けんじ》の作品《さくひん》にはそんな深《ふか》みがあります。それは、幼《おさな》い日《ひ》に聞《き》いた朗読《ろうどく》から始《はじ》まって、今《いま》また賢治《けんじ》の世界《せかい》にふれている私《わたし》が自信《じしん》をもって言《い》えることです。

編集にあたって

作品の中では、一部、現代においては差別的表現とされる言葉が出てきます。しかし、これらの作品が書かれた時代背景を考慮して、また差別的意図を持って書かれたものではないことなどを考え、発表当時のままにしました。

本文については、なるべく原文を尊重していますが、読みやすくするために改行や読点を増やしたり、古いかなづかいや漢字を新しくしました。また、難しい漢字の一部ひらがなにしたりしています。

有野在人（ありのありと）

1994年生まれ、京都府出身。現在、東京大学文学部に在学中。

総合文芸サークル新月お茶の会に在籍。

東京大学新月お茶の会

「SF・ミステリ・ファンタジーetc」を柱に掲げるエンタメ系総合文芸サークル。

会誌「月猫通り」での創作や評論を行い、各ランキングへの投票や、即売会にも積極的に参加している

双葉社ジュニア文庫

銀河鉄道《ぎんがてつどう》の夜《よる》

2016年7月24日　第1刷発行

著　　者　宮沢賢治《みやざわけんじ》
発 行 者　稲垣潔
発 行 所　株式会社双葉社
〒162-8540　東京都新宿区東五軒町3-28
電話　03-5261-4818(営業)
03-5261-4851(編集)
http://www.futabasha.co.jp
(双葉社の書籍・コミック・ムックが買えます)

印　　刷　大日本印刷株式会社
製 本 所　大日本印刷株式会社
装　　丁　橋ヶ谷慶達

ISBN978-4-575-23979-9　C8293